被師傅強押債務的我，和美女千金們在魔術學園大開無雙。

I, Forced into Debt by My Master, Will Conquer the Magic Academy with Beautiful Ladies

Volume.

1

雨音惠

Illustration

夕薙

MEGUMI AMANE

YUNAGI

Kadokawa Fantastic Novels

My Master,

ic Academy

KINGDOM OF RASBATE

Contents

I, Forced into Debt by
My Master, Will Conquer the Magic Academy
with Beautiful Ladies

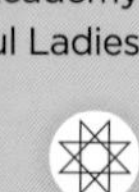

I, Forced in

Will Conqu

with Beauti

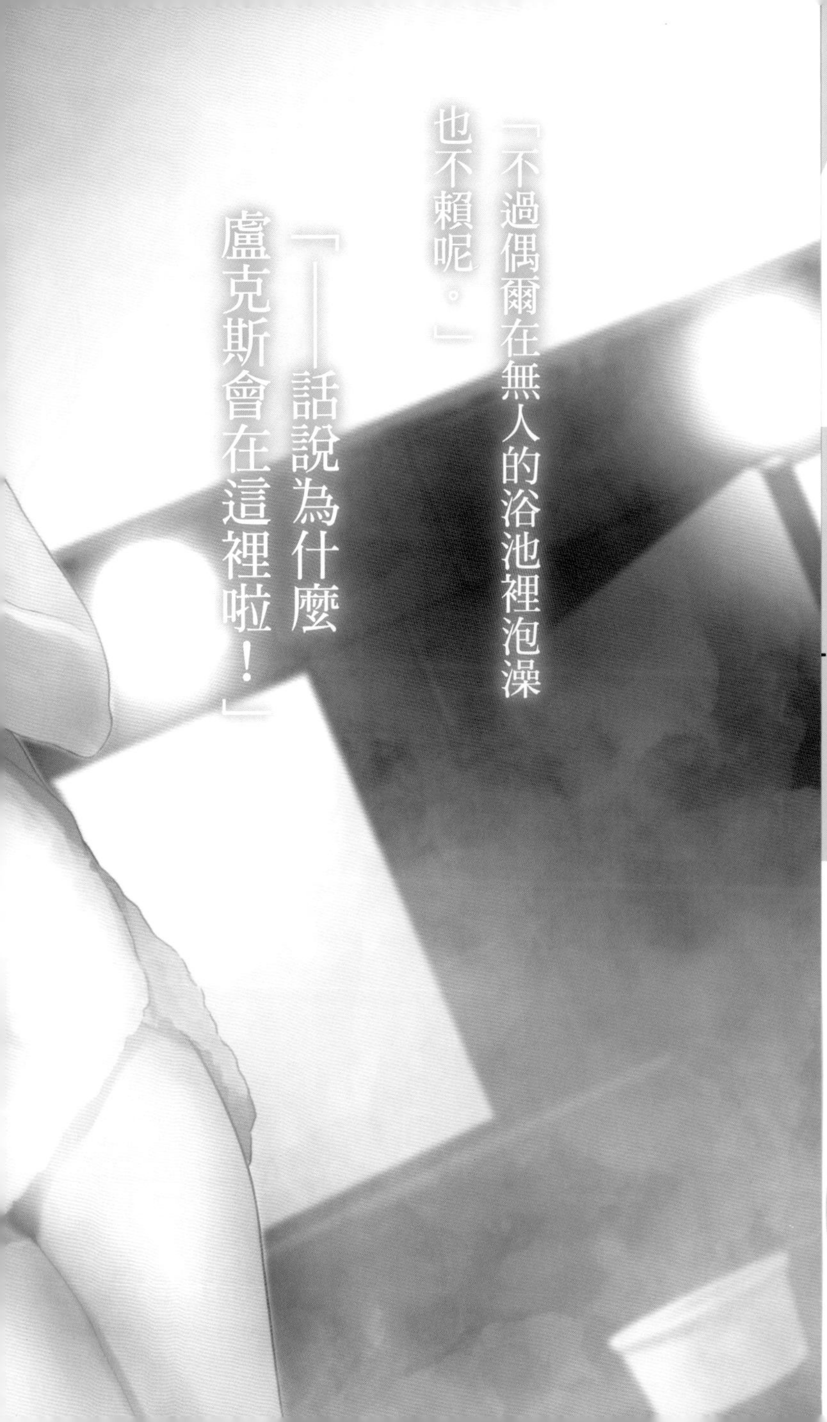

「不過偶爾在無人的浴池裡泡澡也不賴呢。」

「——話說為什麼盧克斯會在這裡啦！」

「……請不要那麼專注地
盯著我看。
太難為情了……」

I, Forced into Debt by My Master, Will Conquer the Magic Academy with Beautiful Ladies

雨音惠

Illustration

夕薙

MEGUMI AMANE

YUNAGI

Volume.

1

KINGDOM OF RASBATE

被師傅強押債務的我，和美女千金們在魔術學園大開無雙。

I, Forced into Debt by My Master, Will Conquer the Magic Academy with Beautiful Ladies

Kadokawa Fantastic Novels

第1話　由於師傅留下的欠債，人生原已走投無路

太陽已西斜的傍晚時分，充斥著喧囂和寂靜的大街上，我——盧克斯．魯拉在心中吶喊為什麼會變成這種情況，同時竭盡全力奔馳。

「別想逃——！別想逃離梵貝爾．魯拉的債務！」

從背後傳來毫無道理的怒吼聲充斥著殺氣。與此同時，想取我性命的風之子彈也朝我射來。於是轉身拔出配在腰部的劍，把子彈悉數掃開後放棄逃跑，與追兵們對峙。回過神來已經無路可退，因此只能這麼做。

「竟然在大街上施展魔術……你們也太缺乏常識了吧？是說你們想殺了我嗎？」

「閉嘴！區區臭小鬼不要向大人質疑常識啦。何況如果要懷疑常識，你的師傅可是最缺乏常識的人啊！」

應該是追兵領隊的男人不屑地說道，不過關於這件事，我也大大同意。

畢竟當我在便宜的旅社歇口氣時，突然遭受四名老練的魔術師襲擊，落得和他們玩

捉迷藏的下場。原因無他，正是因為我的師傅不知何時欠下大筆債務的緣故。

師傅叫做梵貝爾・魯拉，是養育我的家長，也是劍與魔術的師傅。

我在十六年前發生的「大災害」中失去雙親，對我而言唯一可以用家人稱呼的這個人，在一星期前的某一天毫無任何前兆，突然就這麼消失無蹤了。

而留在我手邊的，是寫有「不要成為我這種人」的紙條、為祝賀而送給我的一把長劍——劍名【安德拉斯特】——以及大筆金額的債務。還有歷經千辛萬苦才學會的魔術與劍技。

「聽好了，少年。你師傅欠下的債務足足有五千萬瓦爾。破天荒的欠款當然不容忽視，不過更大的問題則是借錢的對象。你曉得他向誰借錢嗎？」

「我不想知道。」

「他偏偏是向拉斯貝特王國四大貴族之一的約雷納斯家借錢。你懂這個意思嗎？明白吧？」

「很遺憾，絲毫沒有明白的意願。」

我正經八百地如此回話，將劍對準他，男人便以一副受不了的模樣重重嘆氣，並抓了抓頭。

「唉……無論你是否想理解，大小姐的命令就是要我們抓住你。抱歉啦，你就束手就擒吧——風啊，化為子彈貫穿敵人『疾風・子彈』！」

男人邊伸出右手邊叫喊術名，引發從空無一物的空間中產生風彈的奇蹟。緊接著子彈劃破空氣，接近音速朝我射來，想射穿我的身體，而且全部都打中了。那瞬間，塵土飛揚。

「——你們莫非真的是白痴嗎？倘若在這種大街上盡情施展魔術會有什麼後果……稍微動動腦子應該就曉得吧？」

我揮動手中的劍，驅散令人厭煩的塵煙以後聳了聳肩，朝追兵開口抱怨。

「哦……那道攻擊竟然全都擋下了，還挺有一套的嘛！不愧是大小姐看上的人。接下來你要怎麼做呢？」

「不怎麼做。我沒有那種閒工夫陪你們玩。畢竟得尋找留下大筆債務後消失無蹤的垃圾師傅啊。」

「是嗎……是啊！不過你想尋找垃圾師傅，得先打倒我們啊！」

男人浮現猙獰的笑容，一邊叫嚷著，一邊拔出腰間的短劍朝我刺來。他的速度快到讓人驚愕地瞪大眼睛。不過——

「——太慢了！」

「嗚咕！」

我主動往前踏一步，縮短距離，一腳踢向他的上腹。出乎意料的一擊讓男人身體前傾，雙腳離開地面。

「喝！」

我一邊大喝一聲，一邊趁勝追擊使出迴旋踢將人踢飛。僅僅幾秒內發生的事情，讓其他追兵們呆若木雞地張大嘴。

如果這樣就能收拾他就好了，但恐怕男人會站起來。雖然第二擊命中他的側腹，不過感覺就像踢到岩石一般。

「可惡，你手中那麼氣派的劍是裝飾品嗎？既然拿著劍，就好好揮劍戰鬥啊！」

「很不巧地，我那垃圾師傅總會動手動腳呢。他徹頭徹尾教導過，可以利用的東西都要拿來用。就像這樣——雷鳴啊，化為箭矢奔馳『雷電・箭矢』。」

從我伸出的左手食指迸出劃破黑暗的一道紫電。男人往旁邊一躍，在千鈞一髮之際迴避了雷電，接著趁勢再次朝我突擊，而這次我好好地舉起劍，深深壓低重心迎擊。此時——

「火焰啊，化為子彈炸裂吧。『鬼火・子彈』！」

「風啊，化為子彈貫穿敵人『疾風・子彈』！」

「大地啊，化為子彈貫穿敵人『大地・子彈』！」

從有如貼著地面奔來的男人背後，火、風與土三種子彈在絕妙的時機掠過男人朝我射來。面對這些攻擊難以迴避，也不好用劍彈開。就算這樣，倘若專心應付魔術時，領隊的男人一靠近用短劍刺入心臟，就大勢已去了。若是一般人會有這種下場。

我揮舞三次澄澈的夜空之劍。悉數彈開射來的火、風與土的子彈，擋下了瞄準自己心臟刺來的短劍。追兵們一副不可置信的模樣睜圓雙眼，一臉驚愕。

「都是致命的破綻喔！」

「——嘖！」

當我想再次一腳踢向男人上腹時，他邊咂嘴邊在千鈞一髮之際後退，躲開了攻擊。

「騙、騙人吧……難道那傢伙剛才劈開魔術了？」

「沒多少人能辦到這種事——啊啊！難不成那個少年是傳說中的『鬥技場擾亂者』嗎？」

被人叫出極其不名譽的外號，我忍不住皺起眉頭。追兵們不曉得我的想法，繼續往下說：

「那傢伙就是街頭巷尾流傳，在檯面上下社會的人皆可參加的【鬥技場】出賽，憑著壓倒性的實力不斷抱走獎金的『鬥技場擾亂者』嗎？」

「哼，不管那個小鬼有什麼外號都和我們的工作無關，沒錯吧？」

順道一提所謂【鬥技場】是魔術師們賭上自己的人生，以習得的技巧戰鬥的場所，能純粹地享受令人捏一把冷汗的攻防戰，同時預測勝利者並賭錢的一種娛樂。

不僅僅在拉斯貝特王國，其他國家也認可這是一種競技，從孩童到老人，無論是否身為魔術師，是極受大眾歡迎與合法的互相殘殺（娛樂）。

「先說清楚，擾亂鬥技場並非我的喜好喔？因為垃圾師傅交代：『有些事情只能透過實戰學習！』才不甘願地出賽罷了。」

真要說的話，也是為了賺取生活費啦。

「唉……既然有這些緣由，這次也去賺獎金，趕緊把債務還來啊，混帳！」

「說到底那並不是我的債務……比起這種事，接下來要怎麼辦？你們還想打嗎？」

「當然要繼續打。那是大小姐交代我們的工作。」

部下們也壓低重心，聽從領隊的話進入作戰模式。看來要擊退這群追兵，除了讓他們無法戰鬥，別無他法。就算這樣，單方面處於防禦的立場、拖拖拉拉地打鬥不符合我的個性。

我下定決心小力地吸入一口氣。一邊壓低重心一邊右腳後移，雙手握住純黑的劍，擺出八相的架式（註：指把劍舉高到頭的右側，左腳向前的劍道架式）。

「難不成那個架式是！你們都把所有魔力用來防禦！不然——」

會沒命喔。我施展師傅教導的招式，蓋過領隊如此對部下們叫喊的聲音。

「阿斯特萊亞流戰技『天津之朔風（Boreas）』！」

我把纏繞暴風的劍從最高處往下揮。遭到高密度壓縮的風成為破城槌，可將立於我面前的任何威脅悉數斬除——

「阿斯特萊亞流戰技『天津之朔風』！」

——本應如此。然而戰場上響起堅定而清亮的聲音，突如其然翩翩躍下戰場的闖入者釋放同性質的風，將我施展的風壓給抵消了。

「大、大小姐……您為什麼在這裡？」

「大家辛苦了。接下來由我來對付他，請放心休息吧。」

如此說道並微笑的，是和我年齡相仿的女生。她手中拿著一把純白的長劍。

「幸會。我的名字是緹亞莉絲・約雷納斯。以後懇請多多指教。」

她有一頭在光芒沐浴下散發微弱光芒、美麗的白銀長髮。宛如寶石晶瑩剔透的美麗綠眼。五官端整，眉目秀麗並散發堅強的意志。能夠奪走任何人的心、有如妖精一般亮麗的容貌，讓人感受到她那與生俱來的高貴血統。

「約雷納斯……難道妳是借錢的債主嗎？」

「正是如此。我是借錢給你師傅『龍傑的英雄』梵貝爾・魯拉的約雷納斯之人。」

我師傅的名字確實叫做梵貝爾・魯拉，不過可沒有人會用「龍傑的英雄」這種帥氣的外號稱呼他。

「那麼，很抱歉事出突然，請你償還那個人留下的債務吧。就用你的劍與魔術支付！」

「妳在說什麼——唔！」

我無法理解她的意思，在反問之前，眼中寄宿激情火焰的緹亞莉絲已經揮下劍。那一擊沉重又凌厲到不像是纖細的身體可施展的攻擊，讓我忍不住皺起眉頭。

「呵呵。反應很不錯。不愧長年以來接受梵貝爾先生的指導呢。」

「……所謂的千金小姐看來是種危險的生物呢。不由分說地就出手攻擊，妳有什麼打算？」

一擊、二擊、三擊。鋼鐵互相衝突，火花四散。我從令人眼花撩亂的刀鋒相接之間朝著約雷納斯家的千金問道。

「我一直都很想和你打打看喔。討債只是附帶的。」

「……什麼？」

這名千金小姐在說什麼啊？似乎察覺我的訝異，緹亞莉絲嘴角浮現笑意如此說明。

「畢竟盧克斯是繼承十六年前，單槍匹馬拯救這個國家所面臨危機的英雄絕招，獨一無二的存在呢。」

「……若是這樣，妳剛才的招式又是什麼？那確實是『阿斯特萊亞流戰技』啊。」

「阿斯特萊亞流戰技——驅除覆蓋世界的黑暗，橫掃降臨於人們的各種威脅的護國救世之活人劍，沒錯吧？」

「既然妳知道這些事情，那果然……」

「倘若想得到解答，請和我戰鬥吧。只要贏過我，就向你說明。啊，也可以順便免除債務。」

緹亞莉絲拉開距離，以劍尖對準我的眼睛浮現大膽無懼的笑容。我想到的問題堆積

如山。

「呵呵，看來你有幹勁實在太好了。順道一提，如果我贏了就要回收你手中那把劍——約雷納斯家的傳家之寶。」

有如故事中登場的戰爭女神，站姿甚至散發平穩且莊嚴的氛圍。她的身手肯定強大無比。

我微微吐了口氣加強集中力，舉起劍。儘管約雷納斯家傳家之寶的說法令人在意，但是不能眼睜睜看著師傅送給我的劍被人拿走。

連眨眼也不允許、一觸即發的緊張與沉重的沉默蔓延，帶刺的壓力讓人冒出雞皮疙瘩。與師父認真對決（廝殺）時以來的感覺，不禁讓我揚起嘴角。看來我沒資格嫌棄別人。

在一秒甚至令人感到永恆之中，最先行動的是緹亞莉絲。

「——喝！」

隨著使勁的吆喝聲凌厲地往前一踏，縮短距離。我在內心為之驚嘆，也以最小幅度的動作迴避以肉眼的速度追不上、朝我揮來的白劍。

然而緹亞莉絲不讓我反擊，在電光石火間轉過手腕，從左下往右上斬擊。我見狀大大往後一躍躲避——

「阿斯特萊亞流戰技『天津之狂風（Auster）』！」

風切聲第三次響起，甚至可輕而易舉劈開鋼鐵鎧甲的真空之刃，從緹亞莉絲的劍釋放。竟然瞄準我落地的時候，從那張臉蛋真的看不出如此心狠手辣。時機上難以躲避。

那麼只有一個選擇。

「阿斯特萊亞流戰技『天津之朔風』！」

以牙還牙，以風還風。我揮劍產生風壓吹散風刃，化解了招式，並趁著對方大吃一驚、動作稍微停頓的空檔使出反擊。

「火焰啊，化為子彈狂亂炸裂吧。『鬼火．火焰彈』！」

我變出無數個火球，所有火球幾乎同時射出。帶著回敬的意思，施展不過用來迎擊的魔術攻擊，結果如何呢？

「——唔！」

轟隆隆隆隆隆隆——！

「大小姐————！」

爆炸聲響徹寧靜的戰場，沖天的烈焰把四周照得有如白天般明亮。在領隊的男人著急地奔來叫喊之中，我沒有絲毫大意，擺好架式等著對手的下一招。她不可能被這種程度的攻擊打倒。

「——從外表看不出來，你下手毫不留情呢。」

背後傳來冷靜的聲音。她不僅完整迴避那個轟炸，甚至以我於瞬間會跟丟的速度移動，來到我背後。再次於內心大感吃驚，也轉身擋下飽含殺氣的必殺一擊，以玩笑話回敬她。

「這是我的台詞吧。話說分明只是一般決鬥，妳的殺氣不會太強烈嗎？」

「非常抱歉，不過我果然會忍不住嫉妒那個人唯一認可為徒弟的你。」

「……妳和師傅是什麼關係？」

「呵呵，等這場對決結束以後就告訴你喔。」

緹亞莉絲這麼說道後主動跳開拉遠距離，重整旗鼓地舉劍對準我的眼睛。下一擊會拿出真本事。她從身體散發的威壓如此表示。

「好吧，那麼差不多……該分個高下了。」

我把劍收回腰部的劍鞘內，左腳後退斜對著對方。目的十分單純，要以比緹亞莉絲更快的速度使出必殺的一擊。

沉默再次流逝。於一瞬間彷彿拉長到永恆的感覺之中，這次緹亞莉絲先行動。

「阿斯特萊亞流戰技『天灰之熾火(Svarog)』！」

緹亞莉絲往前一躍縮短距離，揮下纏繞著灼熱風暴漩渦的純白之劍。面對倘若直接命中，身體肯定會灰飛煙滅的必殺一擊，我的嘴角不禁上揚。

「——唔！」

「阿斯特萊亞流戰技——祕技『神解一閃(Fragarach)』。」

我把自己的身體化為雷電，千鈞一髮以神速避開緹亞莉絲的一擊，同時繞到她背後拔刀。純黑的劍刃停在毫無防禦的頸部前。就算在決鬥，也不可以傷到她有如白雪般無瑕的肌膚。

「大小姐，是我勝利了吧？」

「是的，沒有錯。這場決鬥是我輸了。話說回來，剛才那招是阿斯特萊亞流戰技的祕技嗎？你果然與眾不同呢。」

緹亞莉絲一邊自嘲一邊把劍收回劍鞘，舉高雙手。她身體散發的威壓感消失，轉了一圈面向我時，臉上浮現如花朵綻放般楚楚可憐的笑容。

「那麼盧克斯，我保證過會告訴你各種事情，不過在這之前——」

她「啪嘰」地彈指後，周圍的空間產生龜裂，喀啦作響地逐漸崩解。聲音停歇後，四處都不見大鬧一場的跡象，周圍一帶彷彿沒發生過任何戰鬥，回歸一片寧靜。

「原來如此……會大膽地施展魔術是因為架設了結界啊？我絲毫沒有察覺耶。什麼時候架好的？」

「我想想……真要說，就是從一開始吧？如果不這麼做，可不能在這種大街上施展魔術喔。」

也就是說在各位追兵施展魔術之前，就已經在周遭一帶建構隔離現實的結界了吧？

「順帶一提，我們的職責從一開始就是把你帶來大小姐架設結界的這個地點。可不是隨隨便便就玩起鬼捉人啊。」

「就是這麼回事。唉，儘管架設了結界，我可沒料到會射出那麼華麗的煙火呢。」

緹亞莉絲遮著嘴露出優雅的微笑，領隊的男人則聳了聳肩嘆氣說：「別鬧了。」他的部下們也同樣浮現苦笑。

「來，盧克斯。我們差不多該走了。希露艾拉小姐，可以過來這裡嗎？」

「大小姐，您找我嗎？」

緹亞莉絲朝著空氣呼喊，頓時有個身穿女僕服的女子不知從何處現身了。

「希露艾拉小姐，可以請妳安排馬車嗎？」

「請放心，大小姐。馬車已安排好，馬上就會到了。」

如此報告後，緊接著伴隨馬的嘶吼聲，有東西發出喀噠喀噠的響亮聲音接近這裡。

「妳還是一樣處理事情很迅速呢。那我們走吧。賽爾布斯先生，今天謝謝你了。抱歉把麻煩的工作推給你。」

「沒關係的喔，大小姐。只要是您的請託，我們願意赴湯蹈火，上山下海。」

沒有錯，大小姐請不要這麼見外！名字似乎叫做賽爾布斯的人如此表示，各個部下紛紛有活力地應和。雖然年紀相差許多，她似乎挺受到仰慕。就在看著他們交談時，馬車抵達了。

「來，盧克斯，請上馬車，我們在裡面好好聊。」

「等一下，要搭馬車換地點是無所謂，不過妳要帶我到哪裡？可別說是妳家喔？」

「呵呵，觀察力真好。正是如此，接下來要前往約雷納斯宅邸，也就是我家喔。」

緹亞莉絲閉起單邊有如星辰燦爛的眼睛。我一邊說服自己，忍不住覺得她的笑容可愛也莫可奈何，一邊搭上馬車。

＊＊＊＊＊

「這就是貴族的豪宅嗎……真是驚人。」

搭乘馬車經過十幾分鐘。抵達目的地約雷納斯宅邸後，氣派的房屋讓我啞然失聲。

「貴族的宅邸總給人為講究排場而散盡家財建造得華麗輝煌的印象，不過我們約雷納斯宅邸捨棄不必要的裝飾，是樸實穩健的結構喔。」

緹亞莉絲一邊說明，一邊帶我到會客室。室內的擺設，從桌椅到照明器具每一個都是工匠親手打造。儘管並非奢華的家具，肯定個個是高級貨。

「呼……還是待在家最讓人平靜呢。」

緹亞莉絲深深坐在椅子上，把掛在腰部的劍放置於腿上呼了口氣。我則因不尋常的不合時宜感而背部發癢。

「希露艾拉小姐，可以幫我泡杯紅茶嗎？盧克斯和我喝一樣的沒關係嗎？」

我無語地點頭。不但緊張，加上不曾喝過紅茶這種高級飲料，老實說不論她招待什麼都嘗不出味道吧。

「遵命，我會一起準備配茶的點心，請稍等一下。」

「拜託了，我們會稍微深入地談話，請妳花時間慢慢準備。」

希露艾拉小姐再次回答遵命，行禮後離開會客室。兩人私下相處讓人緊張，不過這樣一來終於可以提問了。

「那麼該從何處說起呢？有太多事情要說明，讓人傷腦筋呢……」

「那就先讓我問一個問題。妳真的願意取消師傅的債務嗎？」

縱使是大貴族的千金小姐，她有權限取消五千萬瓦爾的大筆債務嗎？

「當然可以。這並不是我，而是約雷納斯現任當家，即我的父親決定的事情，請你放心。」

緹亞莉絲如此笑著說道。我鬆了口氣，拍拍胸口後吐出安心的氣息，接著問出下一個問題。應該說比起債務，這個問題更為重要。

「那麼下一個問題。請告訴我妳和師傅是什麼關係。為什麼妳會用阿斯特萊亞流戰技呢？」

「啊，這個答案很簡單。因為我也接受過梵貝爾先生魔術與戰技的指導。雖然他並沒有認可我是徒弟啦。」

他竟然擔任過約雷納斯家這種大貴族千金的指導老師嗎？那個廢物到底用了什麼手段啊？

「因此我從今天和你相遇的許久以前，就一直很在意盧克斯的事，如果我這麼說，你要怎麼辦呢？」

「嗯？我們應該是第一次見面吧？」

「呵呵，關於這個部分，等我有心情再告訴你吧。比起這種事，可以先進入下一個話題嗎？」

「說到底以這次的債務騷動為首，我會和你交手，像這樣邀你來我家，是因為我也想知道梵貝爾先生的行蹤。」

儘管在意得不得了，反正她似乎不打算開口，我便沉默地點頭同意。

「也就是說緹亞莉絲小姐也不曉得師傅的行蹤嗎……？」

「很遺憾地，就是這樣。儘管他有教導我魔術與戰技的恩義，五千萬瓦爾這種龐大的債務也不能視而不見。不過……他留下這種物品之後消失了，我也說不出這種話。」

緹亞莉絲如此說道，將放在腿上的劍鞘——剛才決鬥中，她宛如自己手腳般隨心所欲揮舞——拔出劍放置在桌面上。

「那把劍果然是師傅的……」

原本就猜是否如此，在近距離觀察下便確信的同時，從口中發出驚愕的聲音。

絲毫無任何髒汙的純白之刃，刻著燦爛輝煌的一縷金線，神所鍛造的劍身。儘管有如羽毛般輕盈，也能把鋼鐵當作紙一般輕而易舉地劈開，這把劍我也很熟悉。

「盧克斯曉得吧？這把劍對老師有多麼重要。」

「是啊……比自己性命更重要的劍，他曾說過無論發生什麼事都不會放手。妳拿著這把劍代表——」

「對……他留下如此重要的劍以後，便消失無蹤了。因此我擔憂那個人是否遭遇了意外……」

如此說道的緹亞莉絲緊咬嘴唇，臉上帶著哀愁，深深嘆了口氣。

「原來如此，我了解情況了。儘管是個廢物，師傅留下自己心愛的劍消失無蹤，確實令人擔憂呢。」

「……那番話真令人在意盧克斯眼中的梵貝爾先生是什麼樣的人呢。」

如果問我師傅是什麼樣的人，用一句話回答則是「把廢物畫出來，就是這種人」。

毫無生活能力、金錢管理散漫、等一察覺已喝得爛醉等，他的缺點可以說數也數不盡。

只不過，關於戰技與魔術的能力高人一等。指導方法如文字所述是場災難，我數不清已做了多少次赴死的覺悟了。

「唉，先別管師傅的事了。接下來我該怎麼辦啊……？」

雖然把人找出來賞他一拳也不賴，但絲毫沒有線索，這樣無法搜尋。

「我想想……那麼和我一起就讀魔術的學校——拉斯貝特王立魔術學園如何？」

拉斯貝特王立魔術學園。師傅曾告訴我這個名字。記得是拉斯貝特王國內幾個魔術師培育機構之中，歷史最悠久，威嚴無比，且可學到最頂尖魔術之類的地方。

「梵貝爾先生十分擔憂盧克斯打從出生以來就沒交過任何朋友，非常可憐。另外，那個人經常把『如果我有個萬一，希望妳成為他的助力』掛在嘴邊。」

誰可憐啦？說到底，不讓人住在交得到朋友的環境中的罪魁禍首就是師傅本人吧？還有他說過「有個萬一」表示曾經預期這種情況嗎？

「另外梵貝爾先生也提過：『與同年齡魔術師見習生交流，讓他精益求精。因為只和自己交手感覺會走調。』如果是這種情況，把你介紹給我明明就得以解決了……」

緹亞莉絲微微噘起嘴嘀咕。

用交手形容，聽在耳裡很普通，但實際上我和師傅的情況比起過招更像是認真在互

相廝殺。

儘管不會用上真劍，師傅用木劍狠狠使出的斬擊擁有輕易把我的頭敲碎的威力，而且他施展的魔術威力強大到萬一擊中，剎那間即讓人化為焦炭。那個人都不知道他讓徒弟過得多麼辛苦嗎？

「要進入拉斯貝特王立魔術學園就讀，我無所謂。只不過那裡可以無條件就讀嗎？一般不是會舉辦考試，得合格才行……？」

「觀察力真的很好呢。如你所說，為了就讀拉斯貝特王立魔術學園，必須在入學考試上合格才行。然而前幾天已經舉辦過考試，結果也很快就會發表了。」

「那我不就不可能去學園念書了？妳可別說會強硬地做一個名額讓我就讀喔？」

憑約雷納斯家的權力似乎有可能成真，真可怕。

「雖不中不遠矣喔。魔術學園分為一般入學考試，以及特別名額考試。」

「特別名額考試？」

「對於擁有突出的魔術才能，卻因為各種因素而無法參加入學考的人舉辦的考試。只不過合格標準十分模糊不清，這幾年別說合格生，甚至沒有考生參加。」

「標準模糊不清嗎？順道一提，那是什麼樣的考試呢？」

「是否受到校長的青睞。唯有這個條件是特別名額考試的合格基準。」

緹亞莉絲的回答讓我合不攏嘴。接著她說考試內容也不明朗，我頭痛了起來。也就是要考生沒有準備就去參加考試嗎？

「哎、哎呀，若是盧克斯上場，肯定，大概，恐怕不會有問題喔！校長一定會中意你才對！」

「感謝妳那沒有根據的安慰。那麼假設我順利考上，妳思考過未來的情況嗎？這不是自豪，我可沒有在學園順利就讀的自信喔？」

畢竟師傅教給我的只有戰技與魔術而已。一般常識方面的事情，已讀遍師傅沾滿灰塵的私人大量書籍，學會不少事情。

然而相對而言，畢竟只學會基本的知識，我對是否能跟上王國第一魔術學園的課程產生不小的疑惑。當我如此表示以後——

「既然已經熟讀梵貝爾先生的私人書籍，就不會有問題喔。畢竟那些書籍是拉斯貝特王立魔術學園所用的教科書。」

「師傅是拉斯貝特王立魔術學園的畢業生嗎？可是我不曾聽他提過啊？」

「不是的，他不曾就讀過喔。只不過梵貝爾先生接受校長親自指導魔術及戰技，書籍似乎也是那個時候拿到的。」

「原來師傅是拉斯貝特王立魔術學園校長的徒弟嗎？原來如此，看來妳剛才安慰的話不見得是錯的。」

我的話讓緹亞莉絲得意地挺起胸膛。話說回來，還真沒想過師傅是這種保密主義。我們明明一直一起生活，他為什麼不肯和我說任何事呢？

「就是這樣。再加上那個人長年以來自豪——不是，接受他指導的盧克斯，甚至能取得學年首席的成績喔。」

「妳說得太誇張了……」

發生欣喜事情時及喝醉時，師傅肯定會對我說這個世界的運作和自己輝煌的經歷。還記得孩提時期聽得津津有味，不過一再耳聞之中便湧出「該不會在胡扯」的疑惑。

「呵呵，我的話無一絲虛假之處，等你入學以後就會立刻知道喲。」

緹亞莉絲換翹另一隻腳，嘴角浮現無懼的笑容說道。看來師傅的吹噓似乎派上用場了。不過在這之前必須受到校長的青睞啊。

「我的話都說完了。一口氣發生不少事，你也累了吧？來品嘗希露艾拉泡的紅茶，放鬆一下吧。」

緹亞莉絲說完，幾乎同時有人敲門。她說請進以後門緩緩推開，希露艾拉小姐推著放置茶具與蛋糕的推車走進房間。

當我以為師傅留下債務以後突然行蹤不明，沒想到會變成要接受魔術學園的入學考試。人生還真難以預料呢。

我一邊想著這些事，一邊品嘗草莓蛋糕那酸甜平衡極佳的絕妙滋味。

＊＊＊＊

「呼……累死了……」

僅僅經過半天，一再發生足以影響人生的大事，我一進入分配到的房間以後，便立刻倒臥在床舖上。全身感受著輕盈柔軟的舒適觸感，閉上眼睛。

要是一個不小心會直接進入夢鄉，不過待會兒還要洗澡，必須忍耐才行。

「師傅……你現在人在哪裡，在做什麼啊……」

為什麼要留下債務從我面前消失無蹤呢？為什麼在我不曉得的時候，教導緹亞莉絲戰技與魔術呢？說到底你和約雷納斯家又是什麼關係呢？想問的事情堆積如山，你快點

回來啊！

「混帳師傅……」

宛如針刺的銳利疼痛劃過胸口，我緊咬嘴唇。雖然他是個廢物，那個人也是我唯一的家人，所以——

「盧克斯，我進來囉。浴室空出來了，我來叫你——如果還醒著請回答呀。」

「緹亞莉絲嗎？沒有人告訴過妳，進房間時要敲門嗎？」

緹亞莉絲抗議地鼓著臉頰走進房間，對此我移開目光說道。

由於她剛洗完澡，肌膚有些泛紅，頭髮也濕漉漉的。好像能讓人看見胸口、寬鬆的室內服，使得她散發與年紀不相符的魅力，視線不知該看向何處。

「真是失禮。我可是好好地敲過門喔？不過你沒有反應，原本以為睡著了。所以想來叫醒你，盧克斯卻對我說那種話，不把我的善意當一回事呢。」

雖然說著「人家好傷心」而假裝哭泣，但是最好遮掩歪斜的嘴角喔。妳只是想捉弄人，太明顯啦。

「現在不是捉弄你的時候呢。盧克斯，還好嗎？」

「怎麼突然這麼問？我很好啊？」

「如果是這樣，為什麼你在哭泣呢？」

我在哭泣？怎麼可能。又沒有受傷，身體也沒有任何地方疼痛。說到唯一有頭緒的就是直到剛才為止緹亞莉絲做的考試準備太過嚴格了吧？即使如此，師傅那地獄般的修行要痛苦好幾倍就是了。

不過緹亞莉絲一臉悲傷，不像在說謊，我不禁碰觸臉頰，確實染上了水氣。

「看來你沒有自覺呢。覺得痛苦的時候，請坦率說出很痛苦。如果不這麼做……你會崩潰喔。」

如此說道的緹亞莉絲朝我踏出一步。一伸手就能握住的距離令我心跳加速。

「這也沒辦法。梵貝爾先生是盧克斯的師傅，在這之前更是你唯一的家人。某一天突然消失無蹤，肯定會寂寞啊……」

「我、我才不覺得寂寞——！」

「不要逞強，盧克斯。沒事的，有我陪著你。」

一回神，我已經被她溫柔地摟住。充斥著溫暖、柔和、慈愛的擁抱，令人感到懷念又舒坦。

「至今為止，你一個人很努力了。不過你只要獨自努力到今天就好。以後我會陪著你喔。」

緹亞莉絲一邊溫柔地撫摸我的背一邊說道，她的話讓我心底結冰、沉睡的情感緩緩溶解了。

我很寂寞。師傅突然留下一筆債務就不見蹤影。從那之後將近一週的逃避旅行，我前往不少地方，過得挺開心，不過一看見幸福地笑著的一家人，就會湧現無法形容的空虛感。現在終於知道那是什麼感覺了。

「你以後不要獨自承擔，如果遇到痛苦的情況要立刻跟我說，懂嗎？」

「……為什麼妳對我這麼體貼？明明我們認識還沒經過半天……」

「呵呵，照顧同門師兄是理所當然的呀？玩笑話就講到這裡……有機會再聊。等我們稍微加深情誼以後再告訴你。」

那種裝模作樣的地方是從師傅那裡現學現賣嗎？不要模仿他，趕緊告訴我啊。

「不可以揭穿女生的祕密，糾纏不休的男生不會受歡迎喔？」

「好啦，知道了。既然這樣，我現在就不追問，不過總有一天要告訴我喔？」

「當然會。等到時機來臨，我一定會好好說明，請你放心。比起這個，盧克斯，稍微平靜下來了嗎？」

我早已不流淚了，卻想再保持一下這種狀況，為什麼呢？

「盧克斯出乎意料地怕寂寞呢。沒關係，等到你滿意為止，我都會摟著你。今晚是特別的。」

「謝謝妳，緹亞莉絲。」

不曉得彼此擁抱後經過多久，這個奇妙的擁抱，持續到希露艾拉擔心前來找我卻沒回去的緹亞莉絲而過來為止。

第2話　最強的魔術師

拉斯貝特王立魔術學園——這個名字在拉斯貝特王國的人們之間人盡皆知。要說原因，這座學園本身便是讓拉斯貝特王國成為魔術大國的基盤，對於穩固其地位最有貢獻的機構。

創立時間約莫一百年前。拉斯貝特王國第一任國王——伊格納・拉斯貝特為了提升國力，便提出肩負起下一代魔術師是不可或缺的意見。

不過當時拉斯貝特王國剛建國不久，財政狀況極為嚴峻。國王陛下周圍提出的反對意見，提撥大筆國家預算設立學園。因此他似乎被批評為輕忽眼前的情況、空談不明的未來等離譜荒謬而無能的國王。

不過現在作為最頂尖且可學習最先進魔術的，魔術師培育專門教育機構揚名全世界，加上扶持國家、聲名遠播的魔術師各個都是這個學園的畢業生乃不爭的事實，因此列為第一任國王的功績之一。

「拉斯貝特王立魔術學園採住宿制，就學期間為三年。這段期間我們這些學生要學習魔術原理、累積知識、透過實踐與夥伴切磋琢磨，鍛鍊能力……盧克斯你在聽嗎？」

與緹亞莉絲相遇的隔天。在舒適晨光的沐浴下，我和她一起前往拉斯貝特王立魔術學園。

「我當然在聽喔。比起這種事，拉斯貝特王立魔術學園的校長是什麼人？既然是師傅的師傅，對方是個危險人物吧？」

培育出像個怪物的師傅的人，怎麼可能是普通人。緹亞莉絲感受到我失禮的想像，露出苦笑說明。

「校長的名字是愛梓・安卜羅茲。性別是女性。被譽為絕世美女，擁有不會衰老的容貌。從這種說法，也有傳聞指出她說不定是妖精種(Elf)與人類的混血兒。」

「……那種傳聞也太誇張了吧？」

緹亞莉絲以極為認真的表情說明。

所謂妖精種是遙遠的往昔，神明還在大地生活的神話時代中，人類的高階存在，於無神的世界中將人們引導至正途的賢者。雖為長命的種族，反過來說繁殖力極為低落，據說妖精種因而滅絕了，聽說安卜羅茲校長是其後裔嗎？

「然而這終究只是檯面上的傳聞。最適合描述校長的話是——」

緹亞莉絲說明的前一刻，肩膀唐突被人拍了一下。剎那間，景色轉換了。直到剛才明明都還在平靜的大街上，現在我與緹亞莉絲卻站在有如寬廣鬥技場的場所。

「我說，緹亞莉絲，我們還沒有抵達學園吧？」

「對……確實正在徒步前往學園的途中。不過……此處確實是學園內的修練場。」

緹亞莉絲以微微顫抖的聲音說明的情況，讓我也乾笑出聲。我們困惑的反應或許令人覺得愉悅，引起這種誇張現象的犯人有如惡作劇成功的孩童，浮現滿意的笑容。

「抱歉，讓你們倆嚇一跳了。我等不及你們慢慢移動，就把人送來了。」

困惑的我們背後，突然傳來威風凜凜且通透的清亮嗓音。我慌張地轉頭望去，有個散發宛如高掛在夜空的滿天星辰般光澤的亞麻色頭髮、筆墨難以形容的傾國美女手持錫杖站在眼前。

她身穿純白的長袍，長袍下的肢體在陽光的沐浴下，潔白無瑕到了奇妙的地步。全身散發著就算說她是神話中出現的女神，也令人忍不住相信的魅力。

「難道是……轉移魔術？」

轉移魔術——師傅的書籍中提到在多如繁星的魔術中，唯有妖精種能施展的魔術，隨著他們一同佚失的祕術。

據說發動需要龐大的魔力與複雜的詠唱，不過眼前的美女有如兒戲般輕而易舉發動了嗎？

「哦……你的直覺真不錯。原來如此，你就是我心愛的蠢徒弟……梵所精心培育的盧克斯嗎？嗯，似乎有出色成長，真是太好了。」

如此說道的美女欣喜地浮現滿面笑容。難不成這個人就是女校長？我如此心想，斜眼望向緹亞莉絲後，她靜靜地點頭肯定。

「幸會，盧克斯·魯拉。我是拉斯貝特王立魔術學園的校長愛梓·安卜羅茲。以後請多指教囉。」

「……感謝您費心地自我介紹。」

「唔，沒什麼精神耶？年輕人要更有活力一點才行喔！緹亞莉絲同學也有同樣的想法吧？」

安卜羅茲校長聳了聳肩。我並非沒精神，只是因為感受不到任何氣息卻讓人來到背後，對方還順勢打招呼，因此感到困惑罷了。這麼簡單被人繞到背後，是自師傅以來的第二人。

「不是的，盧克斯單純只是嚇了一跳，絕對不是沒精神喔。」

緹亞莉絲苦笑著幫我解釋我內心的想法。安卜羅茲校長聽聞後，不知為何不悅地噘起嘴。

「為了讓你們大吃一驚，我也思考許久耶！這種冷淡的地方和梵如出一轍嘛！人家好傷心……」

她雙手摀住臉假裝哭出來。一下笑、一下哭泣，該說感情的起伏劇烈嗎？情緒太亢奮了，我跟不上。身旁的緹亞莉絲也只是露出傷腦筋的神色。拉斯貝特王立魔術學園，這種校長沒問題嗎？

「來，玩笑話就說到這裡。盧克斯是來接受特別名額的入學考試吧？那就別浪費時間，趕緊開始吧？請緹亞莉絲同學擔任見證人。」

「在這之前，可以告訴我考試內容嗎？」

「呵呵，放心吧。不是多困難的考試。盧克斯要接受的考試只是和我交手罷了。」

校長嘴角浮現無懼的笑容。她豔麗的表情甚至讓人背脊發涼直打哆嗦，產生不情願的既視感。那個表情與師傅想使壞時的表情一模一樣。她到底有何盤算？

「…………什麼？」

安卜羅茲校長挺起胸膛，以得意的神色宣言，讓我忍不住驚呼出聲。就算是緹亞莉絲也愕然不已。

「安、安卜羅茲校長！這個條件實在太嚴苛了！就算盧克斯是梵貝爾先生的徒弟，要和校長過招……」

「來，緹亞莉絲。跟他說明一下妳剛才沒有說完的話吧。」

轉移前一刻，她正要說明最適合形容安卜羅茲校長的話。這個回答恐怕就是緹亞莉絲訝異的源頭。

「世界最強且現存唯一的魔法使。大家都如此稱呼校長。」

緹亞莉絲以微微發顫的聲音道出的話，令我不禁睜大雙眼。豈止世界最強，還是個魔法使。不相信而一笑置之很簡單，不過看過剛才的轉移魔術讓人無法輕易否定。

「別擔心。再怎麼樣，也不會要他在過招時贏過我。只不過想親自瞧瞧梵當成親生孩子精心栽培的盧克斯的實力罷了。」

絲毫不理會我們的想法，安卜羅茲校長悠哉地朝我可愛地眨了眼，緹亞莉絲則重重嘆了口氣，垂下肩膀。

原來如此，看來再怎麼推託似乎都沒有用。由於這個人天上天下唯我獨尊，才會這麼說。

「看來我沒有拒絕的權利吧？」

「很高興你理解得很快。盧克斯和梵截然不同，很懂事呢。那趕緊來打一場吧！」

如此說道的校長伸出雙手，讓脖子喀嘰喀嘰作響，開始放鬆身體。我則做了一次深呼吸以後做好心理準備，仿效校長稍微活動身體。

「好，那就開始吧。時間限制一分鐘。盧克斯可用魔術、戰技或任何招式盡全力打倒我吧。那就是這次交手唯一的規則。」

「雖然很想說『知道了』，不過如您所見，我沒帶任何武器。魔術還行，但不可能沒用武器就使出戰技喔？」

我只是來接受考試，因此把師傅給的愛劍留在約雷納斯宅邸。話雖如此，師傅教導的戰技之中，也有徒手空拳的技巧，不過不曉得面對這個人是否有用。

順道一提，戰技是藉由唸出神明施展的招式名稱，呼喚烙印在招式名稱的記憶，引發與魔術匹敵的奇蹟的技術。

「呵呵，我覺得你會這麼說，早就準備好了。」

校長浮現得意洋洋的微笑，彈響了指頭，接著我面前出現一把插在地面上的劍。看來似乎要我用這把劍。

「雖然與梵交給你的星劍相比只是把鐵塊，今天就用這把劍忍耐一下吧。」

「不曉得星劍是指什麼，說到底假如一開始的目的就是和我戰鬥，為什麼不交代我把劍帶過來呢？」

我把鐵劍拔出地面，詢問樂得笑開懷的安卜羅茲校長。如果昨天傳話時交代一下，就不用心懷困惑戰鬥。聽見我的問題，校長揚起嘴角如此回覆：

「當然是因為——倘若我與星劍對峙，似乎會忍不住拿出真本事喔。這麼一來，就不能保證留下盧克斯一命了。」

我的背脊竄過惡寒。儘管她臉上帶著笑意，視線卻銳利無比，眼中確實帶著殺氣。那與以實踐的名義認真互相廝殺時，師傅偶爾散發的威壓如出一轍。

「……如果那把劍那麼厲害，我更應該帶過來的。」

「呵呵，剛才也說過這場交手終究只是為了衡量你的實力。不會拿出真本事喔。」

「…………」

我握緊手中的劍，不發一語地擺好架式。安卜羅茲校長的話不帶任何企圖或惡意。唯有對自己的實力擁有無可動搖的自信是強者的餘裕，身為最強因此自信滿滿。那麼在這一分鐘以內，我應當做的便是竭盡全力挫挫她的銳氣而已。

「呵呵，集中精神了，而且還散發令人感到舒適的殺氣。看來出乎意料地能久違地享受一番囉？」

「盧克斯……」

全部感覺專注一致，只為打倒眼前在漫長歲月中君臨最強寶座之人，聚精會神。

「呵呵，你的表情很不錯呢。來，緹亞莉絲同學，差不多可以宣布開始了。」

校長與我拉開距離面帶笑容說道，緹亞莉絲或許放棄了，重重嘆一口氣以後站到我們之間。

「我知道了。不過校長，請別忘記對決終究只是為了測試盧克斯的實力。盧克斯也請不要太亂來喔？」

聽見緹亞莉絲的忠告，我點點頭把劍對準對方眼睛。校長嘴角依然帶著笑意。我現在就打垮妳的餘裕。

「那麼兩位，請來場沒有遺憾的戰鬥。對決——開始！」

挑戰最強，一分鐘的戰鬥拉開序幕了。

＊＊＊＊＊

先出招的是盧克斯。

在一分鐘的極短決戰之中，沒有必要保留實力，而且觀察情況更是愚蠢至極。加上對手是最強、聲名遠播、未知且實力凌駕自己的高手。正因如此，盧克斯把魔力流至全身，把身體能力提升到極限後，從第一招便盡全力使出攻擊。

「喝啊啊——！」

盧克斯大喝一聲一口氣縮短距離，朝愛梓施展渾身解數的一擊。對此，愛梓呈現毫無防備的姿勢，僅僅站在原地一動也不動。

拿下了。盧克斯以及見證人緹亞莉絲都如此確信——

「速度還不賴。只不過不靠戰技，一般的斬擊打不到我喔？」

盧克斯的鐵劍揮空，愛梓帶著愉悅的聲音從背後傳來。與此同時，朝著背部釋放的衝擊把盧克斯打飛。

盧克斯的身體在地面撞擊兩、三次時，察覺自己被愛梓手中的錫杖稍微戳了一下。

與此同時，由於剛才的一擊遭到迴避，也讓他看出原理了。

「來，別客氣，放馬過來。展現你更多的力量吧。」

「雷鳴啊，奔馳『雷電・射擊』。」

盧克斯轉換思緒釋放雷屬性的魔術，放出足以覆蓋整個修練場的魔力。

「真驚訝，察覺我用了轉移魔術，所以架設魔力網嗎？若是這樣，你的才能令人害怕呢。」

愛梓吹了聲口哨，跳舞般躲避襲來的紫電，開口稱讚。縱使相遇之初隨即展現過，沒想到在僅僅一次的攻防戰之中，會被察覺她用了何種魔術。

再加上盧克斯藉由廣範圍釋放出魔力，當場展開能瞬時察覺愛梓轉移地點的結界。這麼一來，世界最強的愛梓當然也會佩服不已。

「即使如此，依然無法對我造成任何傷害喔。」

然而還不夠。轉移魔術在愛梓耗盡魔力之前都能發動，因此可連續使用。縱使盧克斯能當場探測到轉移地點，只要愛梓繼續轉移便能應付。

「雷鳴啊，化為長槍降下吧，如驟雨『雷電・槍雨』。」

「喔……這次施展範圍魔術嗎？你思考過了呢。」

盧克斯選擇用廣範圍降下雷擊之雨的魔術。封鎖轉移逃跑的方法，縱使愛梓藉由轉移躲避雷擊，也對逃跑後的地點全力使出攻擊。這是盧克斯所選擇對最強的挑戰。

「不過……還遠遠不夠喔。」

愛梓啪嘰一聲彈響手指，修練場中響起轟隆聲響，無數道雷鳴霎時通通解除了。看見這個景象豈止盧克斯，連見證人緹亞莉絲也瞪大眼睛十分驚愕。

「戰鬥途中不可以愣在原地喔？雷鳴啊，奔馳『雷電．射擊』。」

「——唔！」

藍紫色的閃光奔馳。盧克斯霎時舉劍擋下直面而來的攻擊，卻無法完全抵住力道，身體往後方飛出去。

「第一階梯魔術竟然有這等威力……！」

「可惡！」盧克斯罵了一聲，重振旗鼓拿好劍。

剩餘時間還剩一半，但既然一般劍擊會被對方用轉移躲避，魔術也會輕易被擋下，盧克斯剩餘的招式唯有師傅教導的戰技而已。然而非但不曉得是否能起作用，也不曉得借來的劍是否耐得住。

「對了，盧克斯，可以問你一件事嗎？」

「……這麼突然，您想問什麼？」

愛梓嘴角帶著笑意，以開朗的聲音詢問。盧克斯則保持專注力，警戒著回應。

「你從梵身上學會的魔術和戰技要用在什麼地方呢？希望你能告訴我用途。」

「力量的用途……是嗎？」

愛梓的問題讓盧克斯猶豫如何回應。

這也莫可奈何。盧克斯從懂事之後就開始拿劍、學習魔術了。他為何這麼做，恐怕其理由並沒有本身的意志。

「從梵身上學習魔術和戰技，在這個學園學習各種學問以後，你想做什麼？獲得力量以後想追求什麼？」

「盧克斯……」

緹亞莉絲凝視著聽見愛梓的質問，垂下頭沒有回答任何答案的盧克斯。其實這個問題是拉斯貝特王立魔術學園的入學考試中，面試官最後一定會詢問考生的問題。

「要在這個世界上不留下悔恨而死去，無比困難。尤其是我們這種時常與死亡比鄰的魔術師。將擁有守護人們的使命掛在嘴邊是很好聽，不過有時也會遭遇看著昨天才在身邊共同歡笑的熟人死去，非得打倒仇敵不可的情況。就如十六年前發生的災害。這是個極其惹人厭、不愉快、令人作嘔的世界喔。」

「…………」

「因此我們魔術師需要在迷惘時有依靠，或者處在任何情況下也不會動搖的強大信念。現在的你擁有力量，這方面卻不足夠。」

擁有力量，也表示肩負責任。而沒有信念的魔術師，會因為一點枝微末節的小事而違背人理，染上純黑的惡意。

「我……」

盧克斯緊咬住嘴唇，幾乎要滲出血來。事到如今問這種問題太卑鄙了。說到底，學劍術和魔術都是因為師父交代：「你非得變強不可。」

「抱歉啊，在戰鬥途中突然這麼問。沒有必要當場回答我喔。更重要的是，我們繼續打吧。話雖如此，剩下沒多少時間了，下一次就是最後一招了吧？」

愛梓一面用錫杖敲擊地面，一面浮現猙獰的笑容，對此盧克斯沒有回應，重重吐了口氣以後冷靜地舉起劍。

除了找出攻防自在的轉移魔術的空檔，給予致命一擊以外，沒有其他勝算。不會保留實力，而是用盡全力施展戰技。

「你的表情很精悍。放馬過來，盧克斯。展現所有的實力。」

「——我要上了。」

盧克斯以可在地面踏出窟窿的力道重重一踏，再次向愛梓施展攻擊。比起剎那間更快突擊，然而無論多麼快速地縮短距離，轉移魔術仍更勝一籌，面對愛梓毫無意義。

「速度可圈可點，不過這樣子只是回到一開始的狀態而已喔？」

愛梓發動轉移魔術，輕易來到盧克斯背後，毫無慈悲地揮動高舉的錫杖，然而在前一刻，盧克斯的身影消失了。

「——唔！」

從身後感受到冰冷的殺氣。被人來到背後的情況讓愛梓大感驚愕的同時，也憶起遺忘許久的生命遭受危機的感覺，於心中浮現愉悅的笑容，用轉移魔術退避到半空中。

「阿斯特萊亞流戰技——」

化為雷霆，一線紫電的光芒劃過空中，盧克斯再次來到愛梓的背後。

轉移魔術唯一的弱點是在瞬間移動的當下產生的須臾間空白。盧克斯掌握其些微意識的空檔，沒有放過千載難逢的好機會，揮下必殺一擊。

「——『天雷之鐵鎚』！」

「嗚！」

有如瀑布般的雷電纏繞在劍刃上，甚至達到神速境界的一閃，讓愛梓判斷轉移趕不上便舉起錫杖擋下攻擊，不過無法完全抵消力道，被打到地面上。

「傷腦筋……沒想到會第二次讓人站在背後喔。不愧是他所看中的人才。」

「……嘖。」

從塵土飛揚之中傳來愛梓哈哈大笑的聲音，盧克斯忍不住咂嘴。不僅使出渾身解數的攻擊被擋下，手中的鐵劍甚至發出啪嘰聲響毀壞，有如砂土般逐漸崩解。

盧克斯已經沒有任何勝利的方法了。

「是我輸了呢。」

一邊嘆氣一邊垂下肩膀。見證人緹亞莉絲也忘記職責，嚥下口水，見證兩人戰鬥的結局。

「不對啦，我一開始不是說過嗎？這只是測試你實力的對決。而且要說到輸贏，是第二次來到我背後使出戰技的你獲勝囉。倘若你手中的並非是隨處可見的鐵劍，而是你持有的星劍，我也不可能毫髮無傷呢。」

愛梓以戲謔的語氣說明，聳了聳肩。

緹亞莉絲思索，確實如此。到底有幾名魔術師能與被譽為世界最強的愛梓．安卜羅茲一戰——縱使她沒有拿出真本事——也能二度繞到其背後，加上吃到一記攻擊呢？

「請問……安卜羅茲校長。結果盧克斯可以入學嗎……？」

緹亞莉絲心驚膽顫地詢問。盧克斯嚥下唾液等待回答。愛梓刻意閉上眼陷入沉思。

「嗯唔！無可挑剔，當然合格了！盧克斯，歡迎來到魑魅魍魎的魔術師們聚集的拉斯貝特王立魔術學園。」

如此說道的愛梓浮現滿意的笑容，伸出右手。看似短暫又漫長且充實的一分鐘考試結束一事，和順利入學一事，讓盧克斯安心地嘆氣，確實回握住她的手。

「我才要請您多多指教，不過希望以後儘量不要有這種事情。」

「要根據情況商量。那麼要發給你制服和教科書等許多物品，來一趟校長室吧。」

然而緊接著，教職員發現愛梓擅自用修練場和人過招一事，狠狠怒斥了一番，讓盧克斯與緹亞莉絲苦苦等待。

結果從滿臉歉意的職員手中接過制服和其他用品以後，兩人終於踏上了歸途。

第3話　入學典禮與分班

與安卜羅茲校長交手的隔天早晨。

我穿上不習慣的制服，與緹亞莉絲一起走在和昨天同樣的道路前往學園。

「盧克斯怎麼一副心神不寧的樣子呢？我說過好幾次，你穿制服很好看喔。」

走在一旁的緹亞莉絲微微偏頭說道，不過我擔心的不是那種地方。使用最高級的布料縫製，並且加上防刀槍、抗魔術加工的制服，確實令人心生困惑。但比起制服更令人靜不下心的，是來自周圍的視線與聲音。

「那就是以絕世美女舉世聞名的約雷納斯家千金嗎？她高貴到光是看一眼，心靈彷彿就被洗滌了啊。」

「一次就好，希望畢業以前有機會和她交談。話說有男朋友嗎？傳聞她似乎拒絕許多求婚，說不定我也有機會……」

「說起來，她身旁的男生是誰啦？為什麼他們和樂融融地一起走著啊？」

讚賞緹亞莉絲的聲音中偶爾夾雜對我的咒罵，因此接下來的三年間令人感到不安。

「我沒有心神不寧，只是有點擔心入學典禮以後的分班結果罷了。」

「盧克斯，世間就稱這種情況心神不寧喔。」

緹亞莉絲錯愕地浮現苦笑說道，不過我是生平第一次與同輩的魔術師交流，因此身旁是否有熟視的面孔，安心感截然不同。

「就算是我也無法干涉分班的結果，只能祈禱了……但是啊，我覺得船到橋頭自然直喔？」

「妳的根據是什麼？」

「我曾經說明過拉斯貝特王立魔術學園的分班，是用安卜羅茲校長製作的專用魔導具進行吧？」

所謂魔導具，是以魔力為燃料運作的特殊道具，非魔術師也可以使用——以充滿魔力的魔石當作燃料，能使其運作——因此從料理及洗衣服等一般家庭用的道具，到魔術師專用的武具及研究器材等，種類多如繁星。其中也有神在時代製作的遺留物，據說擁有近乎魔法的力量。

而安卜羅茲校長是製作魔導具的先驅，聽說其技巧幾乎與神明匹敵。

「其實這種魔導具得出的結果有一定的法則，那就是——」

「——魔導具會測量出身地、性格、魔術屬性以後，判斷最合適的班級，這就是分班的機制喔。」

有道優雅悅耳的聲音從背後傳來，打斷得意洋洋地說明的緹亞莉絲。轉頭一看，有名手插腰、浮現無懼的笑容、不亞於緹亞莉絲的美少女站在眼前。

「早安，緹亞。今天可安好？」

她有一頭及腰、豔麗而捲曲的深紫色秀髮。眼角上揚，宛如寶石般閃耀的金黃色眼眸。細緻的肌膚，加上讓人以為是神打造的精巧端整的容貌。她驕傲又高貴，洋溢著無可動搖的自信。

「當然狀況極佳啦！露比才是狀況如何？沒有因為緊張而嚇破膽吧？或許是我看錯了，妳的腳似乎在發抖耶？」

從背後被人叫住名字的緹亞莉絲大概認識那個人。她莫可奈何地聳肩後轉頭望去，並滿臉笑容諷刺地回擊。

不過那個女生也非泛泛之輩，毫無膽怯地回以言語攻擊。

「倘若在妳眼中我的腳在發抖，那麼就是緹亞的眼球在顫抖的證據呢。今天的我在精神力、體力以及魔力各方面無懈可擊，無論遭遇何種敵人都不會輸。」

「我也是無懈可擊。現在當場和妳打一場也能遊刃有餘地勝利，我的狀況就是這麼好喔？」

「緹亞還真敢說呢！就讓妳嘗嘗敗北的滋味吧！」

看見兩人在近到都要碰到鼻子的距離下火花四射地互瞪的模樣，在路上同樣穿著制服的學生們都停下腳步吵嚷起來。看來這兩個人都很有名氣。

「唉，和妳的勝負，就在漫長的學園生活中慢慢找機會分出高下吧。更重要的是，緹亞，妳要不要介紹那一位男士呢？」

鑽頭髮型美少女忽然盯上我。伴隨銳利的視線，她的身體散發暴風雨般的驚人壓迫力。看來正在衡量我。她也太小看人了吧？

「其實還想追究妳搶走我說明一事……唉，雖然麻煩，就特別向妳介紹。他的名字是盧克斯・魯拉。我們有點緣分一起生活了幾天。」

緹亞莉絲一說明，通學路上便一片寧靜。縱使是打從出生以來沒有戀愛經驗的我也明白，剛才那番話只會讓人產生誤會喔。

「……真是訝異。至今為止一再拒絕眾多的求婚及相親，只專注練習戰技和魔術的緹亞，光是和男士走在一起就令人吃驚了，縱使期間不長，竟然還在同一個屋簷下一起生活……今天會降下第六階梯魔術嗎？」

「請不要把我和與肌肉訂婚的露比相提並論。啊，對不起，盧克斯。她的名字是露比蒂雅．維尼艾拉。約雷納斯家和維尼艾拉家有著古老的交情，由於這層關係，我們從小就認識了。如你所見，她是個連腦袋都裝滿肌肉，令人遺憾的女生，因此不用和她當朋友喔。」

原來露比蒂雅是拉斯貝特王國中僅次於約雷納斯家的名門維尼艾拉家的千金啊。記得維尼艾拉家是澈頭澈尾的武鬥派貴族，特徵是驅使魔術和體術使出粗暴的戰鬥方式，師傅曾經說明過呢。

「緹亞，等一下！那樣介紹也太沒禮貌了吧！」

露比蒂雅對裝可憐哭泣的緹亞莉絲糾纏不休。原來如此，對於緹亞莉絲而言，她是很好欺負的玩具吧？

「真是的，竟然對初次見面的男士做出那麼過分的介紹……算了。幸會，盧克斯．

魯拉同學。我的名字是露比蒂雅・維尼艾拉。日後懇請多多關照了。」

與緹亞莉絲的對話宛如沒發生過一般，鑽頭髮型美少女露比蒂雅・維尼艾拉自我介紹以後，優雅地行了禮。

「妳真有禮貌。我也再次自我介紹。幸會，露比蒂雅・維尼艾拉同學。我的名字叫做盧克斯・魯拉。請多指教了。」

「那麼盧克斯，剛才緹亞曾說過你們在同一個屋簷下生活，那是真的嗎？」

她嘴角掛著優雅的微笑，實際上滿腹狐疑。緹亞莉絲和男生相處就這麼奇妙嗎？

「對，是真的。由於我師傅的緣故，發生了不少事，這幾天都在約雷納斯家受她照顧。理由是……希望妳別多問了。」

「請不要放在心上喔，盧克斯沒有做錯事，是這個老是在裝乖的大小姐不好。」

在出手幫助自己的恩人目光銳利的瞪視下，我只能舉雙手投降。

「……緹亞莉絲和男生在一起，就那麼令人意外嗎？」

「那還用說！一直以來她分明都一副對男生興趣缺缺的態度，竟然在入學典禮和男生一起上學！更何況還住在一起，這可是會撼動王都的大新聞啊！」

露比蒂雅一臉驚愕的表情說：「晴天霹靂就是指這種情況啊！」雖然無所謂，不過這位大小姐從一大早情緒就好亢奮啊。

「什麼撼動王都的大新聞啦！我只不過是和盧克斯相處，大家可沒有閒到會因此吵吵鬧鬧的。話說請妳遠離盧克斯，要是妳的肌肉傳染給他就糟了。」

「哎呀哎呀，看來妳很重視他呢！不過假如那麼蠻橫，感情很快就會冷卻囉？」

「請、請不要誤會了！我和盧克斯並不是那種關係啦！沒錯吧，盧克斯？」

「為什麼這種時候要把話題拋給我……」

雖然我覺得滿臉通紅地否定絲毫沒有說服力，倘若此時不確實否定，從露比蒂雅的語氣推測，之後可能演變成麻煩的情況。

「正如緹亞莉絲所說，我和她並不是那種特別的關係，只不過是受到同一人物指導劍技與魔術罷了，沒有其他關係。」

「也就是說你們倆的師傅是同一個人？難不成你的師傅就是——？」

露比蒂雅大概有頭緒，訝異地睜大眼。當我想回答她的疑問時，已經抵達拉斯貝特王立魔術學園。

「我還是第一次看見學園的校舍，真驚人啊……」

穿過奢華的校門，映入眼簾的是歷經漫長歲月而累積的歷史沉重感，與即使說有神明居住也說得通，散發神聖氣息的莊嚴校舍。

「嗯？什麼意思？盧克斯今天是第一次來到學園嗎？這麼一說，我沒有在考試會場看過你呢。」

「盧克斯是特別生，因此他當然不在考試會場囉。」

相對而言，我可是與世界最強交手，讓她認同並接受了這種胡來的考試耶。憶起昨天的情況，不禁垂下肩膀。

「特別生！我聽說舉辦了考試，難不成盧克斯合格了嗎？」

露比蒂雅驚訝地叫出聲，猛然把臉湊過來。由於緹亞莉絲談論這件事時雲淡風輕，我也沒有放在心上，不過看見她和周圍人群再次吵嚷起來的反應，看來並非如此。

「我昨天接受特別名額考試一事，該不會已經傳開了吧？」

「那當然囉！特別名額考試的合格率與一般考試相比可是極低的喔？因此每十年都不見得有人合格……那和路邊的便宜蔬菜截然不同耶！」

據露比蒂雅說明，拉斯貝特王立魔術學園的特別名額制度，最後舉辦是在十年前，而那個人僅在一年之間就修完了三年份的課程畢業了，無庸置疑是個天才。

「因此每個人都在關注，睽違十年通過特別名額考試的新生到底是什麼人。」

露比蒂雅一邊說明，嘴角一邊浮現無懼的微笑。而同時我察覺四周的新生們也把銳利的視線投向我。看來似乎從入學當天就在負面意義上惹人注目了。

「哈哈哈……我不曉得是否可回應這個期待，很不安啊。」

「盧克斯不會有問題的。畢竟你已經擁有居於新生首席的實力。我想你立刻就能站上學園的頂點囉。」

緹亞莉絲這麼說的瞬間，周圍一帶的溫度一口氣下降了。就連面前的露比蒂雅都散發近乎殺氣的氣息。

「……這番話可真狂妄，緹亞。他會站上拉斯貝特王國引以為傲的『起始四家』兒女同時入學的奇蹟世代的頂點？況且偏偏是四家首席的約雷納斯繼承人，且身為新生代表的妳要說這種話嗎，緹亞？」

「起始四家」指東之約雷納斯家、西之埃亞迪爾家、南之亞雷斯馬茲家及北之梅爾克里歐家，是拉斯貝特王國中無人不知的魔術名門。

他們的祖先是拉斯貝特王立魔術學園值得紀念的第一屆學生，是擁有卓越才能的優秀魔術師。

他們從學園畢業以後，成為為拉斯貝特王國的繁榮盡心盡力的偉大魔術師，據說為了稱讚其功績，國王便將他們家稱為「起始四家」。

「由於實際交手過，我才敢如此肯定。雖然令人不甘心，現在的我贏不了盧克斯。如果可行，甚至想把新生代表的位置讓給他。」

我才沒有擔任代表的能耐，拜託放過我。話說原來緹亞莉絲是新生代表嗎？既然被師傅鍛鍊過也不在話下。

「既然妳都說到這種地步了……他的實力不容小覷吧？」

「露比，妳有和安卜羅茲校長交手並平安撐過一分鐘的自信嗎？」

緹亞莉絲嘴邊浮現無懼的笑意，詢問露比蒂雅。這番話已經足以讓武家的千金大吃一驚了。

「妳那是什麼話？難不成盧克斯和安卜羅茲校長……最強的魔術師打了足足一分鐘嗎？到底怎麼樣，盧克斯？」

我在心中抱怨為什麼要在這時問我，開口想回答時，從校舍中走出一個高個子又纖瘦的男人。

「各位新生，歡迎來到拉斯貝特王立魔術學園。接下來舉辦入學典禮，請移動到講堂內。還有——新生代表緹亞莉絲．約雷納斯是否在現場？」

「是，我在這裡。」

突然被叫到名字，緹亞莉絲沒有動搖，立刻舉手報出名字。男人以銳利的視線觀察以後重重點頭——

「很好。那麼緹亞莉絲・約雷納斯跟我走。其他人盡速開始移動。」

用宏亮的聲音說完，轉身踏出步伐。與此同時，新生們也三三兩兩地走入舉辦入學典禮的講堂。

「那麼，盧克斯。我還要準備演講，在此先別過。就算我不在，也請不要寂寞得哭出來喔？」

「妳把我當成什麼了？就算妳不在，我也不會……」

「因為我如果不在，盧克斯不就等同於分不清楚學園方向的雛鳥嗎？」

浮現惡作劇般笑容的緹亞莉絲指出重點，讓我嘆了口氣，沮喪地垂下肩膀。雖然無法回嘴令人悔恨，不過沒有她帶路，我在學園裡幾乎確定會迷路。實在太沒用了。

「所以說，露比，可以請妳照顧盧克斯嗎？」

「我知道了。露比蒂雅・維尼艾拉會負起責任帶路。緹亞，妳就放心做好新生代表的職責吧。」

「……還真老實呢，露比在盤算什麼嗎？」

「哎呀，真討厭呢。身為約雷納斯千金的妳在懷疑我的善意嗎？真令人傷心。」

緹亞莉絲狐疑的視線投向手遮住臉假裝哭泣的露比蒂雅。

「呵呵，不用那麼戒備也不用擔心喔。我不會把他吃了。只不過對於被選為特別名額的盧克斯產生興趣，想和他聊聊天罷了。」

「…………我相信妳的話喔？」

「唉，不過結果縱使我對盧克斯產生更大的興趣，緹亞也沒有指指點點的資格。畢竟妳和盧克斯並非特別的關係吧？」

露比蒂雅如此說道的瞬間，緹亞莉絲收起游刃有餘的表情，嘴角緊繃，額頭上浮現陣陣青筋。

「露比，如果妳對我的師兄做出可疑的舉動，我不會原諒妳喔？」

「哎呀哎呀，所謂可疑是指什麼事呢？身為淑女實在無法理解妳在想像什麼呢！」

露比蒂雅「喔呵呵」地發出高傲的笑聲，對此緹亞莉絲再也忍不下去，不禁伸手探向腰部的劍。

「緹亞莉絲．約雷納斯，妳在做什麼？快點過來。妳不在場，典禮無法開始喔？」

「非常抱歉！那麼盧克斯，我該走了，請注意，絕對、無論發生什麼事情，都不要對露比卸下心防喔！」

男人有些錯愕且用帶著些微怒氣的聲音叫住緹亞莉絲，她慌張地回應，並牽起我的手叮嚀。

「好啦……我知道了，妳快點過去。再不過去說不定會被罵喔？」

「他說得沒錯，緹亞。由於妳的緣故，使得入學典禮拖延舉辦時間，新生代表可會貽笑大方喔？」

露比蒂雅的嘲笑讓緹亞莉絲「嗚嗚」地發出美少女不該發出的呻吟聲，不甘心地咬住嘴唇。看來兩人的關係會隨著狀況而變化。

「我知道了。那麼盧克斯，待會見。在分班的儀式再會吧。」

「了解，妳要做好致詞喔。我會幫師妹加油。」

「謝謝你，盧克斯。我會盡力達成職責！」

緹亞莉絲浮現如花朵般的滿面笑容，跑向男人身邊。我一邊目送她離開的背影，一邊為終於能喘口氣而安心。露比蒂雅浮現奇妙的神色凝視過來。

「露比蒂雅一副有話想說的樣子呢。」

「難不成你是魔法使嗎？」

「……什麼？」

這位大小姐忽然說了什麼話啊？

「我和緹亞也認識挺長一段時間，這可是第一次看見她那麼輕鬆自在地笑著喔。你到底做了什麼事？」

「就算妳那麼說，我真的什麼也沒做……」

「唉，也包含這方面的事情。直到典禮開始還有一些時間。我會打破砂鍋問到底，請做好心理準備。」

「請手下留情。」

浮現無懼笑容的露比蒂雅讓我產生一絲不安，和她一起走進校舍。

＊＊＊＊＊

就結果來說，就算沒有露比蒂雅帶路，只要跟隨人潮前進就可以順利抵達會場。只不過在那種情況，我會獨自沐浴在奇異的視線下感到無地自容吧？

就這一點來看，就算今天是第一次見面，透過緹亞莉絲介紹而認識的露比蒂雅就在身旁，令人安心不少。和她在一起而惹人注目的情況就忍受過去吧。

「原來如此……是因為這種緣故才與緹亞相識啊。」

我利用等待典禮開始的時間，向露比蒂雅說明身上發生的事情，以及和緹亞莉絲相遇的過程。

「話說回來『龍傑的英雄』梵貝爾．魯拉有個兒子，真是教人吃驚。」

露比蒂雅嘆氣表示聽見魯拉的姓氏時就應該察覺。就算是擁有浮誇外號的英雄，在我面前也不過是幾乎沒有生活能力的廢物老爸。

「不過既然是這樣，你睽違十年通過特殊名額的考試，以及緹亞斷言能拿下學園的頂點都說得通了。世界還真大呢。」

「多謝稱讚。維尼艾拉家千金這麼看得起我，感覺以後也能撐下去了。」

「可是你絕對不可以因此大意和怠慢。剛才緹亞所說的話，許多新生們都聽得一清二楚。入學以後，許多學生……尤其是約雷納斯家以外的『起始四家』都會盯上你的首級喔。」

「那還真是……危險呢。」

「魔術的世界是實力主義，你就放棄吧。我也想儘快向你提出決鬥的申請，請你接受喔。」

露比蒂雅表示，拉斯貝特王立魔術學園非常重視實戰，學生彼此兼具實戰訓練的決鬥大大受到推崇。偶爾發生爭執時，也會當作解決的方法。

「才剛入學就能瞧見傳聞的特別生與維尼艾拉家的鐵拳聖女決鬥，實在太棒了！」

我於內心嘆氣時，忽然有道開朗的男聲從背後傳來。接著聲音的主人快步走近，毫不猶豫地坐在我隔壁沒人坐的位子上。

他有一頭削短的短髮，與散發野性氣質的成熟容貌。穿著制服也顯而易見看出鍛鍊過的肉體，比起魔術師更有戰士的風範。雖然他揚起嘴角，但我沒有感受到嘲諷，不如說更給人爽朗的印象。

我與露比蒂雅十分錯愕，不過男學生絲毫不放在心上。

「啊，抱歉嚇到你們了。得先自我介紹嘛！我的名字是雷歐尼達斯．哈瓦。叫我雷歐就好。請多指教啦，特別生。」

「我是盧克斯．魯拉。雷歐，我才要請你多多指教。也叫我盧克斯就好。」

我緊握住他伸出來的手，彼此握手。那是每日不間斷地拿起武器鍛鍊，長滿繭而厚實的大手。

「唔?魯拉?難不成盧克斯與『龍傑的英雄』梵貝爾・魯拉有關嗎?」

「是啊,很遺憾正是如此。只不過那個人是養育我的家長兼魔術的師傅而已,並不是親生父親。」

我似乎是師傅妹妹所生的兒子。據師傅所說,我的父母在我出生後不久就被捲入大災害過世了。因此我的記憶之中,別說沒有與雙親的回憶,甚至不曉得他們的長相。

「是嗎?並非親生父親,表示你也受到十六年前的災害波及……我們這一代很多這種人呢。」

「唔?那是什麼意思?」

我們和校長交手時,她也提過「十六年前的災害」。當我想問那是什麼意思時,一旁傳來清喉嚨的咳嗽聲。

「哎呀,不向我打個招呼嗎?哈瓦家的頑皮鬼?」

「哦,這可失禮了。請多指教,維尼艾拉的鐵拳聖女。妳這種名人竟然知道我,真讓人吃驚。」

他們恐怕是第一次見面,兩人的視線卻散發輕微的火花。希望你們別夾著我對立。

「用不著謙虛。說到哈瓦家，就是土屬性的名門。而身為次子的你豪放之處赫赫有名喔。」

「哈哈哈！這也是壞名聲勝過毫無名聲吧！被妳這樣身分的人這麼一說，還真是榮幸。希望有機會能夠交手呢。」

「隨時接受挑戰喔。還有請不要稱呼我為鐵拳聖女。我討厭那個外號。」

露比蒂雅如此說道，害臊地鼓起雙頰。原本以為她是自大的美少女，原來也有孩童般鬧彆扭的可愛一面，臉頰自然放鬆下來。她也會露出那種表情啊？

「我說，盧克斯。你在笑什麼？」

「……我沒有在笑啊？」

「請不要裝傻，看著別人的臉發笑也太沒禮貌了吧？」

「盧克斯與維尼艾拉和約雷納斯的千金感情融洽呢……其實你是王室成員嗎？」

露比蒂雅以嘴巴在笑、眼睛卻不帶任何笑意的奇妙表情湊過來。雷歐見狀，浮現困惑的表情說出莫名其妙的話。

「我看起來像是那麼高貴的出身嗎？先別說緹亞莉絲，我和露比蒂雅今天才剛認識喔。」

「聽好了，盧克斯。歸根究柢，緹亞莉絲・約雷納斯在魔術師的世界中，早已是赫赫有名的人物喔？她擁有美貌、人望以及才華。與只能用被神明寵愛形容的她相處融洽時，你已經和新生的大多數男生為敵了，就算這麼說也毫不誇張喔？」

「……饒了我吧。」

雷歐的話令我感到錯愕，不禁嘆了口氣後，高大及身穿禮服的人們陸續走到講堂上入座。在這些人當中最後入座、有一頭透亮美麗長髮的安卜羅茲校長的容貌格外出眾，包含身旁的露比蒂雅及雷歐在內的新生們，都因她清新脫俗的美麗而屏息。

『第九十九屆拉斯貝特王立魔術學園入學典禮正式開始。』

他們入場幾分鐘後，會場原本緩和的氣氛一口氣變緊繃，典禮終於開始了。

『校長致詞。愛梓・安卜羅茲校長，請出列。』

在擔任司儀的桃髮女性催促下，安卜羅茲校長靜靜地起身來到台前，接著——

『前途似錦的各位新生，歡迎來到拉斯貝特王立魔術學園。能迎來你們這般年輕又有才華的原石，身為校長感到十分欣喜。然而各位現在站立的場所並非終點，終究只是起跑點。』

安卜羅茲校長以充斥著威嚴的通透聲音講述。大家都一臉嚴肅地豎耳傾聽。

『各位為了立於此地，想必一路以來嚴以律己、鍛鍊技術、鑽研學問吧？然而那是身為魔術師會持續到死亡，理所當然的行為……與為了生存而呼吸同樣道理。倘若無法做到，不可能在魑魅魍魎跋扈橫行的魔術師世界存活。』

在慶賀入學場面的致詞，安卜羅茲校長卻把無比殘酷的現實揭露在我們面前。她在第一天，朝著未來以魔術師為目標的人講述極為嚴厲的話。因此會場中的氣氛有如冰天雪地般冷卻下來。

『魔術師的世界是榮耀與死亡比鄰的世界。今天在場舉杯歡笑的人，明天或許就會死在你身邊，就是這種世界。

因此魔術師的雛鳥們啊，時常望著前方吧！別悔恨、回顧過去，而是自我精進，彼此切磋吧！吾等將盡全力協助各位。我期許各位有朝一日能成為肩負這個國家未來的魔術師。

最後再讓我說聲恭喜，歡迎來到魑魅魍魎聚集、跋扈橫行的魔術師世界。我由衷歡迎各位入學。以上。』

會場一片寂靜。有如劃破沉重的空氣，響起零星的拍手聲緊接著蔓延至整個會場。

安卜羅茲校長在歡聲雷動之中優雅地行禮後，踩著緩慢的步伐走下講台消失了。此時，我覺得和面露親切笑容的她四目相交。

接下來是來賓的致詞及介紹，朗讀來自國王的賀詞，典禮無礙地順利進行。接著在校生代表的致詞結束，終於輪到緹亞莉絲上場。

『接下來，新生致詞。新生代表——緹亞莉絲·約雷納斯。』

被叫到名字的緹亞莉絲從舞台旁飄揚銀沙般的頭髮現身，靜靜地站上講台。她那一舉手一投足都散發高雅的氣質，絲毫看不出直到剛才還幼稚地和露比蒂雅在鬥嘴。

『在柔和日光的照射下，鬱鬱蒼蒼的這個美好季節，我們得以進入名門拉斯貝特王立魔術學園就讀，令人十分欣喜也倍感榮幸。今天開始，我將以學園的一分子擁有榮耀與自覺，不讓先進累積的學園傳統與歷史蒙羞，日日自我精進。雖然我們是誕生於十六年前大災害那一年的悲劇世代——』

緹亞莉絲溫和平穩、有如陽光的聲音響徹典禮會場，人人都以陶醉的神情聆聽她的演講。

致詞結束後自不用說，她優雅行禮的當下講堂響起滿堂喝采。

*****

『接下來進入十分鐘的休息時間。接著要進行分班，請遵守時間返回座位。』

擔任司儀的女性如此告知後，原本緊繃的氣氛一口氣舒緩下來。漫長的入學典禮也終於告一個段落。我伸出雙手舒緩僵硬的肌肉時，順利完成職責的新生代表走過來。

「盧克斯還好嗎？你是第一次參加這種典禮吧？會不會累？」

「哈哈哈……我不習慣這麼長時間坐著不動，有點累，但是沒問題喔。比起我，緹亞莉絲不累嗎？」

「我也沒問題，畢竟早已習慣這種典禮了。」

如此說道的緹亞莉絲浮現微笑。既然身為約雷納斯家的繼承人，習慣這種場合也不在話下。

「更重要的是，盧克斯。為什麼你和露比友好地坐在一起呢？」

緹亞莉絲以笑容底下蘊含憤怒的表情，狠狠將視線投向露比蒂雅。由於入學典禮是自由入座，因此我選擇坐在不起眼的後方位置，不過和露比蒂雅這種名人在一起時就毫無意義了。唉，自從緹亞莉絲說出我是特別生以後，就一直沐浴在好奇的視線下。

「哎呀真過分。是妳親自把盧克斯交給我的喔？況且我們不過是坐在一起，請不要一一針對我。這種態度，盧克斯會對妳冷淡下來喔。」

露比蒂雅浮現嫣然一笑，視線投向我。

「呵呵呵，盧克斯，以後就身為一同學習的學友共同切磋琢磨吧。」

露比蒂雅邊說邊把臉湊近。在近距離下一看，我再次覺得她是個美女，然而臉上的微笑卻是邪惡又令人畏懼。

「啊哈哈……我也要請妳多指教了，露比蒂雅。」

「不用指教也沒關係！露比，現在立刻離開盧克斯身邊！否則用劍砍妳喔！」

「哎呀好可怕。盧克斯聽見了嗎？就因為這樣，腦袋裝肌肉才令人傷腦筋。最好不要靠近這麼危險的女生喔。」

「我唯獨不想被露比這麼說！」

緹亞莉絲與露比蒂雅大吵大鬧。拜託妳們，要吵架就在我不在的地方吵啦。都不曉得自己多麼惹人注目嗎？現在可是有零星的男生朝我這裡投來殺氣喔。

「嗯，該怎麼說……盧克斯要堅強地活下去喔。」

雷歐帶著混合同情與憐憫的表情拍了拍我的肩膀。我和他似乎能成為好朋友。

「那麼，先別嘲弄緹亞啦。差不多要分班了呢。盧克斯會被分到哪個班級，令人在

意呢。」

「這麼一說我沒有問過盧克斯的魔術屬性呢。如果你願意，可以告訴我嗎？假如屬性相同或許會成為同班同學。」

魔術分為「地」、「水」、「火」、「風」、「雷」、「冰」、「聖」、「暗」等屬性，魔術師至少擁有這些屬性之中的其中一種屬性，稱為魔術資質。

話雖如此，倒也不是只能使出擁有資質的屬性魔術。只不過威力會降低，魔力消耗也會增加，效率不好，因此大半魔術師都傾注鍛鍊符合自己資質的屬性魔術。

「附帶一提，我的是地、水、火、風四種！露比則有火、雷、冰三種屬性。」

雖然緹亞莉絲說得雲淡風輕，不過兩人身為魔術師的才能，就算保守估計也凌駕於一般的天才。

露比蒂雅擁有三種屬性已十分驚人，而緹亞莉絲擁有的地、水、火、風四種，是星星為構築這個世界而最初準備的屬性，據說雷、冰、聖及暗在那之後才出現。

「能與世界上不超過三個人的『原初的四屬性資質者（Prime Material）』就讀同一間學園，還真是榮幸呢。」

「隨時都可以提出決鬥實在太令人感激了。在這三年內，我一定會超越妳！」

「我隨時都願意接受挑戰喔——話說先別提我了！現在正在談論盧克斯的魔術屬性！」

「關於這件事……其實我並不曉得自己的魔術資質為何。」

我露出苦笑如此回答後，緹亞莉絲與露比蒂雅一同不解地偏頭，連雷歐都露出無法置信的表情。

「不曉得？為什麼呢？在學習魔術以前，調查自己的屬性是大前提才對。你該不會沒有調查屬性就學習魔術了吧？」

「正如妳所說。雖然問過師傅魔術資質的事情，但不曾調查過。因為師傅跟我說：『別管屬性，要學會使用所有魔術！』他也對緹亞莉絲說過同樣的話吧？」

「沒有耶……我的情況是『假如會用，戰鬥的選擇也會變多，因此有空時學學看如何？』他只這樣對我說明喔。首先學會有資質的屬性是先決條件。」

聽見緹亞莉絲的話，愕然不已。那個師傅竟然那麼溫柔地指導人，實在令人難以置信。根本是不同人吧？

「既然是這樣，那就更令人期待分班了。你的資質也會揭曉吧。」

「是啊。不過就我而言，梵貝爾・魯拉會那麼隨便地教盧克斯，讓人大吃一驚啊。

話說雖然被帶過了，不過緹亞莉絲也是梵貝爾・魯拉的徒弟嗎？」

「對，沒有錯喔。因為有緣，所以讓他指導了魔術及戰技。我會被選為新生代表，說是拜他的指導所賜也不為過。」

如果盧克斯也在就不曉得結果了。緹亞莉絲苦笑著如此補充。不對，假如我參加一般的考試，也不曉得現在能否在場。

『各位新生，讓大家久等了。接下來開始分班。請暫且回到座位上。』

播放了宣布休息時間結束的廣播，與此同時有張華麗的桌子被搬進會場。緊接著，有個放置在玻璃盒中的漂亮水晶球被帶進來。那就是露比蒂雅提過的魔導具嗎？

『接下來，要請各位輪流把手放在這個【神諭的水晶球】上輸入魔力。這麼一來，這個魔導具就會判斷最適合大家的班級。過程不會疼痛。一瞬間就結束了。那麼趕緊開始吧。』

桃髮的講師如此說明後，便開始分班了。

「問妳喔，緹亞莉絲。我忘記問了，總共有幾個班級啊？」

「啊，這麼說來我沒說明呢。班級總共分成四班，每個班級都有不同的特徵喔。」

據緹亞莉絲所說，拉斯貝特王立魔術學園的班級，分為「東『法爾貝』」、「西

『阿茲爾』」、「南『羅索』」和「北『華伊斯』」，新生時被分配到各班以後，原則上在畢業以前都不會變動。

「每個班級也有各自的特徵。比如說隸屬東班的學生『性情溫厚的學生容易聚集於此，擁有豐富的魔術資質』。西班則是『理性的性格，擁有風、地屬性資質的學生容易聚集於此』大概是這種感覺。」

「因此分班與身分無關，終究是觀察該者的個人性格及能力後，所做的公平判斷。擔任其重責大任的就是魔導具【神諭的水晶球】。附帶一提，那似乎是安卜羅茲校長的得意作品。」

「聽說校長是妖精的混血，我現在相信了。」

在我們聊天的期間，有時夾雜歡呼聲，分班順利地進行。

『下一位，緹亞莉絲．約雷納斯同學。請上台。』

緹亞莉絲被叫到名字時，會場內的視線一口氣聚集在她身上。不愧是約雷納斯家的千金，加上擁有四種屬性資質的才女。備受矚目的程度截然不同。

「盧克斯，我先過去了。」

「慢走，之後再告訴我是什麼感覺吧。」

「呵呵，我知道了。」

緹亞靜靜起身，踩著怡然自得的步伐走到水晶球面前，絲毫不膽怯地朝它伸出手。接著，透明的水晶散發有如漩渦般的彩虹色光輝。宛如在思考哪個班級最適合她。或許正在衡量吧，經過正好十秒。水晶球導出的答案是——

『緹亞莉絲・約雷納斯同學，東班。恭喜妳入學。以後也要精進喔。』

「好的，謝謝你。」

緹亞是東班嗎？畢竟她有多個魔術資質，或許很適合吧。而且性格方面若不扯上露比，基本上挺溫厚的。咦，這麼一想，露比也可能被分到東班吧？畢竟兩人還挺像的。

『下一位，盧克斯・魯拉同學。請來到台前。』

就在東想西想時，叫到了我的名字。原本還想問緹亞感想，這也沒辦法。我吐了口氣後站起身。接著坐在身邊的露比一掌拍向我的背部。還挺痛的。

「放輕鬆，盧克斯！冷靜一點，只不過是用手接觸再輸入魔力的簡單程序。你沒問題的！」

正好回到位子上的緹亞莉絲，也在擦肩而過時叫住我。

「正如露比所言，盧克斯。只是站在那裡而已，眨眼間就結束了。希望能同班呢。」

我朝著位子上的兩人點點頭，走到水晶球面前。在桃髮老師面帶笑容的催促下，伸手碰觸水晶球。與緹亞當時一樣，水晶球開始發出彩虹色的光輝。不過情況立刻變得奇怪。一旁的桃髮女性也隨即察覺異狀，會場也吵嚷起來。

「水晶球在閃爍？怎麼會，為什麼……？」

至今為止立刻下判斷的【神諭的水晶球】有如傷腦筋似的一閃一滅。只不過這個現象沒有持續多久，水晶球有如放棄思考般變得黯淡。而說到關鍵的判斷——

「盧克斯．魯拉同學的班級…………呃，我不清楚。」

桃髮老師說出結果的那一瞬間，會場充斥著驚訝。

就這樣，我成為拉斯貝特王立魔術學園成立以後，首位被判斷為「無合適班級」史無前例的新生。

＊＊＊＊＊

「來，盧克斯。談話前先喝杯紅茶如何？」

「……不用了。」

「是嗎？」感到遺憾地沮喪低下頭的人，正是擔任拉斯貝特王立魔術學園的校長愛梓．安卜羅茲。

前所未聞的分班結果，以擔任監督的桃髮老師為首，會場的新生們一片譁然之中，颯爽現身的安卜羅茲校長便當場宣布交給她處理。接著我被帶到校長室，不知為何還招待茶和點心。

「太遺憾了。這個點心很適合搭配紅茶耶。唉，想喝隨時跟我說一聲喔。」

安卜羅茲校長一邊以令人感受不到絲毫遺憾的聲音說著，一邊哼著歌倒茶到自己的杯子裡。

「雖然我很想說，還真沒料到才經過沒幾天就像這樣面對面坐著交談……老實說，我曾思考過是否會有這種結果喔。」

「這話是什麼意思，校長？難不成您知道什麼內情嗎？」

「呵呵，那當然囉。我比你更了解你的事情。畢竟我可是世界上唯一的魔法使呢。幾乎無所不知喔。」

安卜羅茲校長浮現優雅的微笑，啜飲一口紅茶。我於內心吐槽也就是並非全知全能的同時，乖乖地等待下一句話。

「話雖如此【神諭的水晶球】與我不同，沒有那麼萬能呢。畢竟判定盧克斯沒有合適班級最主要的原因，就是無法分辨你的魔術資質呢。」

「也就是說，我沒有任何魔術資質的意思嗎？」

「傷腦筋的是，並不是這樣。就擁有地、水、火、風、冰、雷資質的我觀察，你與我戰鬥時所施展的雷屬性魔術，確實是擁有資質的魔術師使出的招式喔。」

不愧是世界最強。對於擁有高於緹亞莉絲的六屬性資質而大吃一驚的我，安卜羅茲校長開始進行常見的解說。

一般而言，魔術師學習符合自己資質的屬性魔術是基本中的基本，不過並非無法使用非資質的魔術。只是使用缺乏資質的屬性魔術的情況，為了發動所需的魔力增加，威力也會降低，因此一般都認為效率會變差。就算聽見這種說明，我也沒什麼頭緒就是。

「盧克斯進行魔術的修行時，梵沒有告訴過你關於魔術資質的事情嗎？」

「很遺憾，師傅沒提過。『別管那種麻煩事，記住所有魔術！』只說了這種話。」

「原來如此，不愧是我心愛的蠢徒弟。」

校長似乎覺得有趣，呵呵笑了。難不成師傅亂來的鍛鍊，原因就在這個人身上嗎？

「失禮了，現在比起蠢徒弟，你的事情更重要。盧克斯，你還記得前幾天我們交手時，我說的話嗎？」

此時暫且中斷話題，啜飲一口紅茶以後，安卜羅茲校長以靜謐的聲音詢問。

「您是指持有力量的用途吧？」

「沒有錯。為了決定力量的用途，最重要的是，倘若不曉得自己擁有的力量本質就無法開始。盧克斯絲毫不曉得自己擁有何種力量吧？」

「是的……畢竟廢物師傅沒有告訴過我任何事情。」

即使詢問師傅也只會主張：「與其有空在意那種事，快練習揮劍，快學習魔術。」因此我從某個時候就失去興趣了。

「所以，盧克斯。從今天起你要在這所學園學習關於自己的力量，加深理解。如此一來，你也能親自了解自己的魔術資質，應該也能了解梵的用意。」

「……校長，謝謝您。先別提廢物師傅的用意，我會專心向學。話說回來，以後我會怎麼樣呢？」

「啊，對耶。那麼接著談談要事，也就是關於你今後的處置吧。進來。」

安卜羅茲校長滿意地微笑後，彈響了指頭。

「打擾了，安卜羅茲校長。」

「打擾了——啊，盧克斯！」

門打開，有兩個人進入校長室。其中一人是緹亞莉絲。她擔憂地蹙著眉頭，因此我舉起手表示沒事。另一個人是在入學典禮擔任司儀、戴眼鏡的桃髮女子。

「我想先報告。除了那一位盧克斯．魯拉同學，其餘九十名新生已在剛才分班完畢了。現在由各班級各自帶領新生參觀宿舍。」

「謝謝妳，艾瑪克蘿芙老師。關於盧克斯的分班結果，其他老師們的反應如何？」

「老實說大家都很困惑。部分老師甚至表示應該取消盧克斯．魯拉同學特別名額的入學資格。」

「真是的。如果因為這種小事，便撒手不管擁有少見才能的學生，可不僅僅只有學園蒙受損失啊……」

「應該說，問題在於新生的家長。盧克斯經由特別名額入學及分班的結果，立刻就會傳開了吧？這麼一來明天以後『這種人竟然是名門拉斯貝特王立魔術學園的學生，況且還讓他經由特別名額入學，豈有此理！』等等壓力會排山倒海而來，也能輕易想像。畢竟今年度貴族兒女的新生特別多啊。」

「唉！就是因為這樣，貴族這種人才棘手！對於不明白的事物有所抗拒，身為探究

未知的魔術師明明是非常不應該的反應……為什麼不曉得這種道理呢？真是一群無可救藥的人。」

校長一邊咬著大拇指的指甲，一邊以苦澀的表情說道。她這種反應，讓艾瑪克蘿芙老師只能露出苦笑。

「安卜羅茲校長，我有一個提議……您願意聽嗎？」

「這麼說來，艾瑪克蘿芙老師。為什麼緹亞莉絲同學會在這裡呢？」

「很抱歉，校長。我阻止過了，不過她表示想親自和校長談談，不聽我勸阻……」

老師充滿歉意地低頭。儘管身為學園的教師，面對王國中赫赫有名的約雷納斯家，也只能退一步。話說回來以緹亞莉絲而言，她採取的手段挺強硬的。

「不用在意，艾瑪克蘿芙老師。那麼緹亞莉絲同學，讓我聽聽看妳的提議吧？話雖如此，我大概知道妳想說什麼。」

「是的，盧克斯符合拉斯貝特王立魔術學園的特別生一事，以及不僅對於學園，也是拉斯貝特王國必要的人才一事，我緹亞莉絲・約雷納斯可以保證。將此視為『起始四家』約雷納斯家的宣言也無妨。」

緹亞莉絲堅定地斷言道，讓安卜羅茲校長滿意地揚起嘴角。我與桃髮老師跟不上她們的談話，只能呆愣在原地。不過我們的心境沒人理會，話題進展下去。

「我就覺得妳會這麼說，緹亞莉絲同學。只要有約雷納斯家的後盾，貴族那些人也只能閉上嘴巴了。」

「假如只憑我的保證還不足夠，也可以把露比蒂雅・維尼艾拉帶來這裡讓她宣言！因此請不要取消盧克斯的入學資格──！」

緹亞莉絲現在也彷彿想捉住校長的領子，表情充滿焦躁。

「放心吧。就算緹亞莉絲大小姐沒有如此提議，我也絲毫不打算取消盧克斯的入學資格，不可能奪走盧克斯了解力量的重要時間吧？」

有如要激勵帶著沉痛的表情垂下肩膀的緹亞莉絲，安卜羅茲校長帶著微笑，拍了拍她的肩膀。

「我已親自和他交手，詢問他的決心了。取消入學資格，就和踐踏他的決心同等意思。我不會讓這種事情發生喔。」

「安卜羅茲校長……謝謝您。」

「就是這麼回事，艾瑪克蘿芙老師。就算貴族那夥人來抗議，也全都不用理會呢。如果糾纏不休，也可以跟他們說：『煩死了，閉嘴。』」

「請不要胡說八道！您把我當作什麼人了？我只是一介魔術講師喔！又不是校長，怎麼能對貴族大人說那種話啦！」

如此說道的安卜羅茲校長朝她眨了眨眼，對此桃髮老師淚眼汪汪地竭力吶喊。不過當事人卻沒當作一回事，嘻嘻笑著繼續往下說：

「好了，盧克斯的入學資格先談到這裡，要把他分到哪一班呢……」

「那麼校長，把盧克斯分入和我同樣的東班如何？只要我待在他身邊，也有對於各方面的嚇阻作用！」

緹亞莉絲大聲向校長訴說。話題進展到這裡，看來我身處的狀況比想像得更棘手且複雜的樣子。況且又要給緹亞莉絲添麻煩了。我還真是無地自容。

「呼唔……如果與同門的緹亞莉絲大小姐同班，應該會比較方便。好，就把盧克斯分到東班吧。」

「謝謝您，安卜羅茲校長！」

緹亞莉絲欣喜地浮現滿面笑容，低頭致意。桃髮老師則放棄了，重重嘆口氣並垂下肩膀。

「而且東班的級任老師是羅伊德，那就不會有問題吧。好，這麼一來盧克斯的入學問題就悉數解決了！」

雖然當事人不在乎地讓事情順利進展下去，也就是說我和緹亞同樣是東班，這麼理解就好了吧？

「話雖如此，學生當中肯定會有人以懷疑的目光看你或忌妒你。只不過要解決這種情況，只能靠盧克斯自己了。要加油喔？」

在入學典禮途中，已經遭受不少夾帶殺氣的忌妒視線矚目，看來會有不少學生找我麻煩吧？倘若有那種空閒糾纏我，磨練自己的力量要健全多了啊。

「好，那就說到這裡吧！比起預料的還聊得更久呢。艾瑪克蘿芙老師，妳雖然很累了，可以麻煩帶兩人前往東班的宿舍嗎？」

「唉……我知道了。」

我與緹亞莉絲跟著無奈聳肩的艾瑪克蘿芙老師離開了校長室。

拉斯貝特王立魔術學園是採全體住宿制的學校。全部共有四個宿舍。按照班級名稱以圍繞校舍的形式，坐落在東西南北的位置。

「宿舍通通都是高四層樓，有地下一樓的建築。每個學年能使用的樓層分開，今年

的新生分配到一樓。」

移動到東班宿舍途中，我與緹亞莉絲聽桃髮老師——名字似乎叫做艾瑪克蘿芙——關於宿舍的說明。她的面孔已經不見直到剛才的沮喪模樣，以開朗的表情細心說明。

「每個樓層都各設置房間、交誼廳、大浴場。四樓則是學年共用的大食堂。地下是供自主鍛鍊的樓層，請自由使用。」

不愧是王國第一的魔術學園。不但提供房間，甚至有可以自主鍛鍊的場所，只能說面面俱到。

「啊，就算是自己的房間，也請不要放置太多個人用品喔？假如把奇妙的物品帶進房間，會成為處罰的對象喔？」

「順道一問，比方說有什麼東西是違禁品呢？」

大概是單純感興趣，緹亞莉絲一問，艾瑪克蘿芙老師一瞬間陷入沉思後，臉頰微微泛紅地瞄向我，如此回答：

「就是……那個啦。色情書刊之類的。」

「……什麼？」

出乎意料的回答讓我發出驚呼聲。

「青少年對那種物品有興趣也無可厚非。不過這裡可是王國第一的魔術學園，請銘記在心！」

「艾瑪克蘿芙老師說得沒錯喔，盧克斯。絕對不可以把那種書籍帶進宿舍喔！」

「妳把我當作什麼了……」

不知為何緹亞莉絲鼓起臉頰，猛然把臉湊過來朝我施壓，我只能錯愕地嘆氣。艾瑪克蘿芙老師帶著慈愛的眼神關注我們交談。

「好了，閒話就聊到這裡。這裡就是讓你們度過三年時光的東班宿舍。我們趕緊進去吧。」

艾瑪克蘿芙老師一邊說，一邊打開漂亮的藍色大門，我們跟著進入宿舍內。附帶一提，藍色是東班的代表色，西班是白色，南班是紅色，北班則是黑色。

進入宿舍走過眼前的樓梯後，便來到放置沙發和書架的交誼廳。從這裡延伸出三條路，筆直前進是男女分開的大浴場，右邊通往男生房間，左邊通往女生房間，艾瑪克蘿芙老師如此說明。房間似乎是雙人房。

「盧克斯同學的房間是一一〇號室，緹亞莉絲同學的房間是一二三號室。明天就要正式開始上課了，今天請好好休息，養精蓄銳。」

「謝謝您這麼細心，艾瑪克蘿芙老師。」

配合緹亞莉絲的道歉，我們一起向勞碌命的老師低頭致意。這個人鐵定平時就經常被校長的胡來耍得團團轉吧？

「啊哈哈……別在意，這就是我的工作。啊，差點忘記把重要的東西交給你了。」

艾瑪克蘿芙老師這麼說，不知從何處拿出袋子交給我。確認裡面，放著一件晴空色的斗篷外套。

「這件外套表示你是東班的一分子，同時也在拉斯貝特王立魔術學園學習魔術。絕對不要遺失外套，待在學園時記得穿在身上，懂了嗎？」

「……我知道了。」

穿上這件外套以後，這下我終於是學園的一分子了嗎？忽然轉頭一看，緹亞莉絲也浮現開心的笑容。

「很好。我還有工作就先走一步了。最後讓我說一句話——歡迎來到拉斯貝特王立魔術學園，一起朝著無窮無盡的高峰邁進吧。那我走了。」

艾瑪克蘿芙老師留下這句話後離開宿舍。目送她背影時，兩道人影出現在交誼廳。

「緹亞，看來妳似乎成功說服校長，實在太好了。」

「還在擔心事情會變得怎麼樣，幸好分在同一個班級呢，盧克斯。」

「露比蒂雅，雷歐！你們也分到東班了啊！」

出聲搭話的不是其他人，而是一起參加入學典禮的露比蒂雅與雷歐兩人。沒想到在場的四個人都分到同一個班級，說是偶然也太湊巧了吧？

「分班的判定結果是前所未見的不明朗時，還在擔心事情會如何，幸好能順利成為同班同學，盧克斯。」

「我也很不安，不曉得會遇到什麼事情呢。緹亞莉絲直接說服校長把我分到同一個班級了。」

「面對校長還不退卻地開口……不愧是緹亞。」

我覺得這種能坦率稱讚人的地方正是露比蒂雅的美德。而緹亞莉絲也同樣如此。

「因此以後確實會有學生忌妒盧克斯而糾纏他吧。到時候，可以請露比助一臂之力嗎？」

「呵呵呵，當然沒問題，一起保護盧克斯吧！」

兩名美少女堅定地握手，她們果然感情融洽。話說我是被守護的一方嗎？這可是關於男生面子的重大問題啊。

「順道一提，盧克斯的室友是我。如果有那裡不懂的地方，隨時都可以問，不用客氣！」

「幫大忙了，雷歐。到時候我不會客氣，就靠你了，請多指教。」

我與雷歐緊緊握手。看見我們這樣，不知為何緹亞莉絲不滿地鼓起臉頰瞪視我。

「……緹亞莉絲怎麼了？」

「假如要依靠人，別找雷歐尼達斯同學，拜託師妹我不就好了？不就好了？」

緹亞莉絲如此說道，把臉湊近我。雖然那是帶著些微怒氣、鬧彆扭的表情，又有種難以形容的可愛之處，不禁讓我揚起嘴角。

「唔……我明明在講正經事，你為什麼在笑啦？盧克斯好過分！」

「不是，我沒有在笑……」

「原來如此，盧克斯是會把想法寫在臉上的類型呢。」

「似乎是這樣呢。我覺得多少努力隱藏起來比較好，但也不是不能體會盧克斯的心情啦……」

當我拚命思索藉口時，一旁的露比蒂雅與雷歐兩人雙雙錯愕地聳了聳肩。

「來，盧克斯！請說明一下你發笑的理由！還有也請和我保證，如果有困擾的事，不要找雷歐尼達斯同學，而是要依靠我！」

結果緹亞莉絲踏著地板，暴跳如雷，露比蒂雅與雷歐不想被牽扯進來，便趕緊返回自己的房間了。

「……說真的，饒了我吧。」

我重重地嘆了口氣，思索不用說「因為鬧彆扭的表情很可愛」的其他藉口，同時為了明天開始的學園生活，內心感到大大的期待與一絲不安。

＊＊＊＊＊

用過晚餐，漫長的一天終於快結束的時候。我一邊拆開不知何時搬到房間的行李，一邊想解開入學典禮時的疑惑，煩惱不已。

疑惑就是關於垃圾師傅梵貝爾．魯拉。聽聞雷歐及露比蒂雅的說法，發覺明明一直生活在一起，其實我根本不了解梵貝爾這個男人。

「我說盧克斯，接下來到畢業為止的三年之間，為了能作為室友相處下去，可以問你一件事嗎？」

「怎麼那麼鄭重？話說臉靠得太近了。只要是我能回答的，你儘管問，所以先離遠一點。」

「抱歉、抱歉！我一看見擁有驚人壓迫力與魔力的劍，不小心就興奮起來了啦！」

如此說道的雷歐以興奮的模樣指著我靠牆放置的劍【安德拉斯特】。

「就算不怎麼道地，我好歹也是個貴族。也見過好幾個繚繞魔力的武器，自認眼光挺高的……不過那把劍可是超越一流品的特級品！你到底從哪裡拿到的？」

「原來如此，在說這件事呀？這把劍是師傅唯一留給我的物品。只不過不曉得是否有雷歐所說的那麼厲害。」

對我而言，這把劍是師傅留給我的物品，也是用得極順手、無可取代的搭檔。曾經從師傅口中聽說這把劍的逸事，但實在太荒唐，我並不相信。不論如何，說這是神明鍛造的劍，吹牛也該有個限度。

「喂喂，你認真的嗎？我也不是專家所以無法肯定，說不定那把劍擁有神話時代的『記憶』喔。畢竟是梵貝爾・魯拉託付的劍，若這麼驚人也確實挺適合的啦……」

雖然我挺在意擁有神話時代的記憶是什麼意思，比起這種事，因為他提到師傅的名字，我也問點問題吧。

「我說，雷歐。我也有事想問你，可以嗎？」

「我還想多了解這把劍的事情……算了，只要是我能回答的範圍，儘管問吧！」

「當作成為室友的紀念。」如此說道的雷歐浮現爽朗的笑容，我於內心道謝後，趕緊進入正題。

「我想問的是關於混帳師傅……梵貝爾・魯拉的事情。可以告訴我關於你知道的那個人的事蹟嗎？」

「嗯？我無所謂……為什麼你想問這種事情？應該說關於梵貝爾・魯拉，你了解得不是更多嗎？」

雷歐一頭霧水地偏過頭。的確，大概沒有人比與那個人一起生活超過十年的我更了解梵貝爾・魯拉這個男人了。然而——

「我聽了緹亞莉絲、露比和雷歐你們的話以後，看來那個混帳師傅還有我所不了解的一面。」

「這麼一說也確實如此。就我看來，也完全搞不懂為什麼你要稱呼那個人為『混帳師傅』。如果要改變你這方面的認知，聊一聊似乎也不錯。」

「對吧？所以希望你說說我所不了解的梵貝爾・魯拉的各種事蹟。」

「交給我吧！話雖如此，該從何談起呢？說起來盧克斯知道那個人被稱為『龍傑的英雄』嗎？」

聽見雷歐的問題，我搖了搖頭。話說回來，之前緹亞莉絲與露比蒂雅也說過同樣的話，那個垃圾師傅實在配不上那般帥氣的外號。

「歸根究柢，那個人是在距今十六年前變得赫赫有名。緹亞莉絲在致詞時也稍微提過的『大災害』，他獨自一人就加以鎮壓一事是變得有名的契機，你曾經聽過嗎？」

據雷歐所說，所謂十六年前發生的大災害——通稱「巴斯克維爾大災害」——是棲息於拉斯貝特王國的王都法米亞郊外的巴斯克維爾大森林的魔物，突如其來一同發狂，侵略王都的事件。

「這場『巴斯克維爾大災害』讓眾多村子和民眾受害。畢竟上千隻魔物朝王都一口氣發動侵略，這也是沒辦法的情況。僅憑一個人解決這個拉斯貝特王國建國以來的危機，不是別人，正是梵貝爾．魯拉喔。」

「那還……真是厲害呢。」

「當時梵貝爾先生是【亞榭爾騎士】的隊長……啊，你知道【亞榭爾騎士】嗎？」

雖然第一次聽說他當過隊長，但我知道那個部隊的名字。

拉斯貝特王國聞名全世界、最強少數精銳的魔術師部隊。那就是【亞榭爾騎士】。成為其隊長，正是名副其實的世界最強，同時說是世界的希望也不誇張。

「侵略而來的大批魔物之中，似乎也有危險度A階級以上的怪物，不過他獨自一人就悉數殲滅了。而陛下讚賞這個偉大的功績，以『龍傑的英雄』稱讚他。怎麼樣，很厲害吧？」

雷歐有如當成自己的事情般興奮地說著。若這番話屬實，垃圾師傅確實是真正的英雄，有如繪本中出現的勇者本身。

「我知道他強大到沒道理的地步……但絲毫不曉得他曾經立下這種大功。」

「梵貝爾．魯拉比任何人還要強大、壯健、勇敢，正是童話故事中會出現的正義夥伴。我很憧憬他。我的夢想是總有一天要加入【亞榭爾騎士】。」

雷歐這麼說著，有如孩童般眼睛閃閃發亮。偏偏用正義的夥伴形容他喔。與喝得爛醉如泥或賭博輸光身家財產，根本是不同人啊。

「我是從代替死去的老爸教導我魔術知識的叔叔那裡聽說的……那個人似乎常常把『能救的性命要統統拯救』掛在嘴邊耶？令人無法置信。」

雷歐如此說道，浮現苦笑。

那種信念的確過於荒唐無稽，都快讓人笑掉大牙了，但混帳師傅確實會以泰然自若的神色貫徹到底。說起來，阿斯特萊亞流戰技的精隨，便是護國救世的活人劍。那個人擁有的力量，足以實現任何人都曾希冀過並放棄的理想論。

我忽然想起過去師傅曾經說過的話。

——你擁有我這種人根本比不上的才能與獨一無二的力量。我不會要你用這股力量守護世界，你可別有那種要拯救一切的愚蠢想法——

說這些話時，師傅緊咬著嘴唇幾乎要滲出血來，他的神色混雜痛苦、絕望、後悔、贖罪等各種負面的情緒。

想拯救一切的人，為什麼說那是愚蠢的想法呢？雷歐沒有察覺我在思考這些事，繼續往下說：

「不過如他所言，他擔任隊長的兩年間，捉到的邪道魔術師和毀滅的犯罪組織確實很多。包含這些事蹟在內，那個人被稱為英雄……即使如此，唯獨大本營【終焉教團】沒有擊潰呢。」

「終焉……還有這種名字聽起來就很危險的組織呢。」

「是啊，畢竟那夥人的宿願就是世界的滅亡。據說在拉斯貝特王國發生的魔術犯罪大多與這個組織有關，是萬惡的根源。那就是終焉教團。」

據雷歐所說，垃圾英雄師傅找出長年以來包覆在謎團內的終焉教團的教祖後把人逮捕，接著離毀滅組織只差一步時，便辭去【亞榭爾騎士】的職務。其理由依然不明。

「我認為，那個人一定有說不出口的緣由。但如果說是為了養育孩子，我也不知該有何反應呢。」

「……的確，正義的夥伴引退的理由是養育孩子，當作玩笑話也笑不出來。」

話說回來，聽了雷歐的說明以後，愈來愈搞不懂混帳師傅了。

我所了解的梵貝爾．魯拉這個男人嗜酒、好賭，如果我不做家事，不用幾天他就會死在路邊了。不過一牽扯到劍與魔術的鍛鍊，則會安排令人覺得死亡還比較輕鬆的地獄課程。

到底哪一種面貌才是真正的梵貝爾．魯拉呢？為什麼師傅會說出「想要拯救一切是愚蠢」的呢？

拯救一切確實是究極的理想，倘若並非神明就無法實現的空談。不過既然擁有能拯救一切的力量，我也一定——不對，別想了。這種想法才愚蠢至極。

「雖然說了不少事，我覺得你也用不著鑽牛角尖喔？重要的是你所知的，與那個人共度的點點滴滴的時光。不用在意他過去的豐功偉業啦。」

「……這麼說也是呢。雷歐，謝謝你告訴我這麼多事情。」

「我倒是挺想知道那個英雄的私生活是怎麼過的。」

「很遺憾，雷歐，世界上有些事情不曉得才比較幸福喔……」

幕間　暗中活躍的人們

黃金之月高掛空中，瀰漫靜寂的王都街道上，有道身影踩著活潑的步伐前進。帽兒深深蓋住眼睛，樂不可支地哼著歌，彷彿現在也想踩著碎步跳躍一般，不過手上握著的深紅色長槍，則沾染了詭異的紅黑色液體。

「拉斯貝特魔術師團的素質也降低了，那個人不在果然沒戲唱呢。」

一邊無奈聳肩，一邊呢喃的聲音是道男聲。他煩悶地拉開深深蓋住眼睛的帽兒，在月光照射下，顯露的容貌有如猙獰的野獸。

「你一副無趣的表情呢，戴夫南特先生。相隔十五年返回王都的感想如何？」

男人——名為戴夫南特．庫克雷因——背後的空間一陣扭曲，有個人物身穿彷彿仿造黑暗的純黑長袍現身了。

「不怎麼樣，差勁無比。由於可以和前東家戰鬥，才接下你們這夥人的委託，然而現在的情況是怎樣？只不過離開一陣子，王都的魔術師各個都沉浸在安逸之中了。」

「拉斯貝特魔術師團與戴夫南特先生還在時相比，素質確實低落不少，不過【亞樹爾騎士】依然身手矯健喔。」

「哼，那當然不用說。應該說如果連【亞樹爾騎士】都變得弱不經風，這個世界老早就被你們【終焉教團】給拿下了吧？」

戴夫南特邊說邊嘆氣，身穿長袍的人感到有趣地發出呵呵笑聲，肩膀晃動著。

「正因如此我們為了達成宿願，日日都在奮發邁進——閒話就先聊到這裡吧。戴夫南特先生，情況怎麼樣了？」

「現在狀況還不錯。按照你的委託，在指定的場所幹掉了隸屬魔術師團的魔術師，用其鮮血刻了魔術刻印。只不過差不多要被發現了。」

「也是呢。縱使過得再安逸，兩個同伴遭受殺害，就會正式搜索犯人吧？不會有問題吧，『雷禍的魔術師』大人？」

身穿長袍人物的問題意味著，同伴被殺害的拉斯貝特魔術師團展開報復。可不是找出犯人之類的溫吞小事，而是不由分說的肅殺。不過戴夫南特絲毫不畏懼，揚起嘴角釋放劇烈的殺氣。

「愚蠢的問題啊，委託人。我想對付的不是魔術師團，至少想和【亞樹爾騎士】打

一場。只要用那些人的血描繪，可以成為上等的觸媒吧？」

「呵呵呵，不愧是戴夫南特先生。有那番話真是令人安心呢。不愧是世界上赫赫有名的邪道魔術師呢。不過請避免和【亞樹爾騎士】交戰。一旦他們出動，計畫恐怕會失敗。」

「嘖，有夠無趣。我也想和最年輕加入【亞樹爾騎士】、傳說中的天才打一場……算了。畢竟有更豐富的報酬（樂趣）吧？」

「那當然，有個最上等的報酬——就是拉斯貝特王國引以為傲『龍傑的英雄』梵貝爾·魯拉的遺孤喔。」

第4話　不平靜的學園生活

多事的入學典禮過了一夜。

我穿上制服，把與教科書一起發的木劍掛在腰上，和緹亞莉絲等人一起離開宿舍，前往校舍。

現在時間明明才剛過八點，同樣身穿制服的學園生頻頻投向我的視線中帶著殺氣。

「盧克斯怎麼了？一臉沮喪的表情喔？難不成從第一天上課日就不想上學了？」

我從第一天早晨就遭受精神方面傷害的原因明明就出在她身上，這名美少女似乎沒有察覺的樣子。

「不是那樣的。我只是在想就算我們就讀同一班，也最好不要一起走向校舍。」

「為什麼你要說出這麼冷淡的話呢？別看我這樣，對於接下來要開始的學園生活，不只心懷期待，還感到不安喔？盧克斯打算把這樣的我放著不管嗎？這是師兄該有的行為嗎？」

緹亞莉絲微微鼓起臉頰、猛然把臉湊過來，讓我不禁被她的氣勢壓倒。在眾人的環視之中做出這種行為只會引來不必要的誤會，請別這麼做。

「讓可愛的師妹感到不安沒關係嗎？還是說盧克斯擁有讓我哭泣也能一臉平靜上學的鋼鐵精神力呢？」

「知道了，知道了，別繼續把臉湊過來啦。明天以後也會和妳一起上學啦……」

「呵呵，從一開始就這麼老實不就好了？對了，在教室裡也坐一起吧！請教我各種魔術的事情喔！」

「不，那是我想說的話，妳願意教我就幫大忙了。」

畢竟我的知識是師傅教導的。沒有任何保證在即將開始的學園課程上也可以派上用場。應該說可以預測會很辛苦，因此和緹亞在一起令人非常安心。

「哎呀，如果是那種情況，也可以依靠我喔？」

一邊優雅地撥開瀏海一邊如此說道的人，是有一頭直鑽頭捲為特徵的美少女露比蒂雅·維尼艾拉。她的一舉一動都十分有氣質，卻不給人矯揉造作的感覺，因為她是真正的大小姐吧？

「如果有任何困擾，在問緹亞之前可以先找我商量喔？看在同班同學情誼的分上，我會澈頭澈尾溫柔地教導喔？」

「很遺憾，沒有露比出場的餘地！欸，盧克斯，別理會這個腦袋裝肌肉的女生，我們快走吧！」

「緹亞，等一下。在前往校舍以前，應該有重要的事情要先商量好吧？」

露比蒂雅刻意咳了一聲，並伸手握住牽起我的手想快步離開的緹亞莉絲的後頸。女生不應該發出有如青蛙被壓扁般的「嗚呃」聲音從一旁傳來。

「嗚……對耶。由於特別名額的盧克斯沒有合適的班級，會有學生來找麻煩，都忘記要思考對策了。」

「先別提小角色，棘手的是緹亞的約雷納斯家以外的『起始四家』吧？血統主義的那些人，不可能放過盧克斯這種特殊案例喔。」

「確實如此……況且今年還是相隔好幾代，四大魔術名門齊聚一堂的奇蹟之年呢。可以肯定包含他們的跟班在內會有人來找麻煩呢。」

「尤其麻煩的是西班的埃亞迪爾家呢！入學的是長男亞邁傑吧？說起來他——」

「是的……埃亞迪爾家的長男亞邁傑屢次向我提出交往的請求。我每次都拒絕，不過他就是不肯放棄……」

如此說道的緹亞浮現苦笑。面對緹亞莉絲這種水準的美少女，想提出交往的男生肯定不計其數，更重要的是，約雷納斯家是足以代表拉斯貝特王國的大貴族。想找她當未婚妻也不足為奇。

「亞邁傑・埃亞迪爾。我曾聽說過其資質只有一種風屬性，相對而言風系統的魔術練度十分強大。」

像緹亞莉絲或露比蒂雅這種擁有多種魔術資質，意味著能有效率地施展的魔術會增加，話雖如此，魔術資質只有一種的人也不見得一定比較差勁。

擁有多種魔術資質，相對而言學習的魔術數量變多，也必須比一般人累積更努力的鍛鍊不可。與縱使再美麗的寶石，不研磨也不會散發光輝同理，倘若不付出努力、怠慢修練，恐怕只會樣樣通、樣樣鬆。

相對來說，若是只有一種資質，只要不猶豫地一個勁地持續磨練該技能即可，魔術的練度便容易提升，可儘快成為獨當一面的魔術師。雖然這個世界沒有好混到專注磨練一種技能便可存活下來啦。

順道一提，據說容易擁有偉大成就的是一種魔術資質，或者兩種魔術資質，而擁有三種魔術資質的魔術師則會在歷史上名留青史。

「露比說得沒錯，亞邁傑同學的風屬性魔術比我還優秀。」

「是喔……緹亞莉絲都說到這種地步了，真期待見到他呢。」

真想早點和他交手看看。如果可行，最好在可使用魔術的實戰打一場。對上同輩的魔術師，我很在意自己的力量可以發揮到何種地步。

「……我說緹亞。難不成盧克斯是戰鬥狂？一般而言這裡是令人嫌棄之處吧……」

「露比，盧克斯也是男生喔。」

緹亞莉絲伸手掩住嘴角，優雅地呵呵笑著。露比蒂雅重重嘆了口氣，聳聳肩。怎麼了，我覺得遭受不必要的誤會。

「先聲明，我並不是戰鬥狂喔？只是單純沒有和師傅以外的人在實戰中交手過，所以才——」

「——既然是這樣，現在立刻和我打一場吧？」

從背後傳來現在似乎就要砍過來般的銳利殺氣籠罩的聲音，我轉頭一看，有三名男學生站在眼前。站在正中央的人物——有著一頭綠髮，縱使帶著一絲稚氣，五官卻很端整的少年——似乎就是散發殺氣的當事人。

「明明沒有被【神諭的水晶球】選上，卻尋常地來上學。看來你巴結了校長吧？」

一開口就說了挺苛薄的話。對方似乎清楚我的事情，很不巧地我並不認識他。而且他誤會了，我能夠像這樣穿上學園的制服來上學，正是校長親自下達的決定，否定這一點不太好。

「不過我不承認你是拉斯貝特王立魔術學園的學生。你這種不明的存在才不配就讀這所學園！」

不知名的男學生手擱在掛在腰部的劍柄上，竭力吶喊。當我煩惱該如何回應時，身旁的兩名美少女開口了。

「亞邁傑同學，請現在收回你的話。盧克斯有資格就讀拉斯貝特王立魔術學園！」

「亞邁傑。就算是心胸寬大的我，也無法對你剛才對盧克斯的批評視而不見。我要求撤回。」

兩人快速移動到我面前說道。這麼一來，我真的成為受到女生庇護的難堪男生了。

「緹亞莉絲同學，妳被那個男生欺騙了。【神諭的水晶球】沒下判定，在過去根本沒有發生過喔？一定是因為他不配念這所學園，水晶球才如此判定的。」

不知名的男學生亞邁傑溫柔勸戒般的搭話，卻反而助長她的怒火，他注意到了嗎？現在她的臉頰也逐漸鼓起來了。

「況且他只躲在緹亞莉絲同學妳們的保護下，也不親自回嘴，不覺得難堪嗎？緹亞莉絲同學，不可以和這種人處在一起喔。」

亞邁傑一邊把手「咚」地放在緹亞莉絲的肩膀上，一邊說道。就在緹亞莉絲想甩開那隻手之前，我先一步介入兩人之間。亞邁傑露出驚愕的表情，緹亞莉絲則浮現有些欣喜的神色。

「我沒有開口不是因為害怕，畢竟師傅交代我不可以和不認識的人說話。還有，現在可以請你把手從緹亞莉絲身上拿開嗎？」

我努力露出溫和的笑容說道。我沒有孩子氣到會被這種程度的廉價挑釁激起怒火。只不過他看似親密地觸碰緹亞莉絲讓我有一點、一丁點、真的只有一點點煩躁罷了。

「你、你不認識我嗎？」

「很遺憾地，我直到不久前都住在鄉下。不報上名字就不曉得你是哪裡來的亞邁傑同學。」

「你不是曉得我的名字叫做亞邁傑嗎！」

亞邁傑・埃亞迪爾憤怒地不斷踩著地面。因為緹亞莉絲與露比蒂雅都這樣叫你呀。話說這反應還真有趣。

「竟敢瞧不起人……！等開始上課以後，給我小心點！絕對會讓你後悔敢找我吵架一事！」

亞邁傑漲紅了臉，單方面放話，便帶著兩個跟班快步離開了。

「說曹操，曹操就到呢。還真沒料到亞邁傑同學會突然出現。」

「或許他是想見緹亞，躲起來等人也說不定。假裝偶然遇見，然後一起上學之類的……也有可能呢。」

「再怎麼樣也不可能啦。」

假如真的如露比蒂雅所說，亞邁傑對於緹亞莉絲的好意也太超過了，不過像是朋友的兩個人也在，十之八九是湊巧。就當作是這樣吧。

話說回來，學園生活根本還沒開始，竟然就被四大魔術名門中的一人盯上了。雖然想和他交手，但也拚命祈禱不要再遇到更多麻煩事了。

＊＊＊＊＊

拉斯貝特王立魔術學園是三年制。入學時分配到的班級，直到畢業以前除了一部分例外，都會一直同甘共苦。

昨天在分班途中我就離席了，前往宿舍後也都一直和雷歐或緹亞莉絲等人在一起，還不曉得大家的長相和名字。我懷抱著期待與不安，一腳踏入東班的教室內。

察覺到我們的那一刻，原本在教室內談笑風生的學生們閉上嘴，一齊把視線投向這裡。視線中充斥的情感是感興趣、羨慕、以及些微忌妒之類的。

「後面的座位似乎還空著。這麼一來就可以和盧克斯坐一起了，如果有不懂的地方還可以彼此討論呢。」

緹亞莉絲絲毫不把那些視線放在心上，指著最後排靠窗的座位。前面一個座位已經有男學生坐著，不過運氣不錯的是剛好有三個橫排的位子空著。

「這樣正好呢。這麼一來，我隨時都可以幫忙回答盧克斯的問題了。」

「……我說露比，妳為什麼一副理所當然的態度，打算坐在盧克斯的隔壁呢？」

我不理會火花四射的兩人，在空位上坐下。真希望她們不要一有機會就開始爭執。

「盧克斯，受歡迎的男生真辛苦呢。」

晚一步進教室的雷歐拍著我的肩膀朝我搭話。我們明明同時起床和吃早餐，為什麼他出門的時間會變慢呢？

「雷歐，如果你這麼想，就稍微幫我一把如何？」

「哈哈哈！別開玩笑了。就因為知道會演變成這種情況才特地晚離開宿舍啊。」

儘管雷歐嘴上說不想被牽扯進來，仍舊把物品放在我斜前方的座位上。雖然他在抱怨，不過立刻坐在我附近，從這個地方就可看出雷歐是個好人。

「我說緹亞，有個提議……我們先暫時休戰吧？」

「還真巧，露比。我正好想跟妳提議同一件事呢。」

斜眼看著我和雷歐交談，原本在爭吵的兩人突然締結休戰協定，把我推到正中間的位置，隔著我坐在位子時，同時間教室的門打開了。

走進教室的是高個子、纖瘦的黑髮男人。他的眉間有深深的皺紋，表情毫無一絲生氣，隱約看似疲累不堪。

「各位同學早。把握時間要開班會了。」

原本吵鬧的教室頓時一片寧靜，開始飄散些微緊張，我也挺直背脊等待下一句話。

「首先恭喜各位同學入學。我的名字是羅伊德．洛雷亞姆。在大家畢業之前的三年內，擔任東班的級任導師。請多多指教。」

羅伊德老師微微低頭，響起三三兩兩的拍手聲時，他立刻伸手制止了。

「然後，歡迎來到魑魅魍魎跋扈橫行的地獄世界，我很歡迎各位同學。」

羅伊德老師以平靜的聲音，刻意說出打擊充滿夢想與希望的學生們心靈的話語。聽見這些話的學生們啞口無言。羅伊德老師沒有把這股難以言喻的氣氛放在心上，繼續往下說：

「魔術的世界是實力主義的社會。那裡與貴族和平民等血統無關，人人都有平等的機會，出人頭地或跌入萬丈深淵都只在轉眼之間。因此你們要變強。我就說到這裡。接下來說明今天的行程——」

羅伊德老師的話很嚴苛，連緹亞莉絲及露比蒂雅都浮現苦笑。不過我的情緒不可思議地亢奮起來。

「要變強嗎？師傅常掛在嘴邊呢。不過……也對。這種簡單易懂的教訓更符合我的性格。」

師傅失蹤。我力量的祕密。不明白的事情堆積如山。就算想破頭也不會立刻找到答案。那麼首先就像以往——我和師傅一路以來做的——鍛鍊自己，變得更強吧！這些準備已經完整到充分過頭了。

我聆聽羅伊德老師的說明，再次下定決心，於拉斯貝特王立魔術學園修練的日子拉

開序幕。

值得紀念的第一堂課是「魔術歷史課」。負責的老師是——

「好了，好——了！各位新生，大家早！我是和大家同樣是新生的西班級任老師艾瑪克蘿芙・烏爾葛斯頓！不用拘謹，叫我艾瑪老師就好！」

今天艾瑪克蘿芙老師穿了緊身迷你裙和外套，乍看之下清純可人，不過彷彿快掉落的兩顆豐滿的果實醞釀出香豔的性感。

不像是教師該有的性感，轉眼之間便緊緊揪住以雷歐為首的男學生的心。相對而言女學生的表情險惡不已。尤其是我左右兩邊的美少女，露出有如看見弒親仇人的眼神。

在入學典禮當天也思考過，假如學園的風紀失序，原因之一肯定出在這個人身上。

「我要教導大家的是魔術的歷史，為了加深各位的理解，首先溫習一下我們居住的拉斯貝特王國吧！」

艾瑪克蘿芙老師浮現滿面笑容說道，男學生們便精神飽滿地回答：「好。」單純到甚至懷疑老師是否使用魅惑魔術。順道一提，回答的人也包含前面座位的雷歐。

「我們居住的拉斯貝特王國，建國以來約莫經過一百年，與其他國家相比是歷史短暫的國家。不過在國力方面擁有【亞倪瑪萊維大陸】中數一數二的強大。能有這麼強大的國力，同學們覺得主要原因是什麼？」

「因為傾注資源培育魔術師嗎？」

一名學生回答，艾瑪克蘿芙老師滿意地點頭。

「沒有錯。拉斯貝特王國與其他國家相比，格外致力於培育魔術師，同樣在魔導技術的研究、開發上也傾注資源。最主要的幕後推手正是安卜羅茲校長喔！正因為擁有世界最強魔術師稱呼的校長推動，拉斯貝特王國才能夠以魔術立國並聞名全世界，這麼說也絕不誇張！」

關於這些事情，我也曾在師傅的書籍中閱讀過，不過重新一聽，安卜羅茲校長果然不是泛泛之輩呢。

「不過就算是安卜羅茲校長，也無法從零開始建構如此的豐功偉業。做為基盤的，便是約莫百年前還存在，卻突如其來毀滅的大陸第一魔術大國【阿斯特萊亞王國】。」

【阿斯特萊亞王國】為魔術大國，擁有大陸首屈一指的力量。排斥鬥爭，以世界和平為首要理想，倘若是為了世界的發展，也不吝惜提供自己國家的技術給其他國家的人道國家。

然而就在某一天，沒有任何前兆，於一夕之間扶持國家的許多優秀的魔術師和王室紛紛突然死亡，國家迎向毀滅。

「關於阿斯特萊亞王國的滅亡，包含我在內的許多研究人員都著手調查過，卻找不到任何線索！是因為王室內亂？還是說其他國家的陰謀？沒有任何頭緒呢。哎呀，身為研究人員實在太丟臉了！」

艾瑪克蘿芙老師不在意地哈哈大笑。

師傅所持有的眾多書籍中，皆沒有記載阿斯特萊亞王國滅亡的理由，只有一句「一夕之間毀滅」。

「只不過能說的，就是因為有阿斯特萊亞王國遺留的魔導技術及培育魔術師的知識和技術，才有拉斯貝特王立魔術學園和今天的拉斯貝特王國！」

她補充說明：「重要的是現在！」不明白的事情，想破頭也不會有頭緒，說得極端一點，阿斯特萊亞王國毀滅的理由與大多學園生毫無關係。

「那麼差不多要進入拉斯貝特王國的歷史了。阿斯特萊亞王國毀滅後不久，失去故鄉、充斥不安與焦躁、困惑的民眾面前，被崇敬為使者的一隻龍現身了。」

龍——那是神話時代便存在，除了神明，所有生命之中君臨頂點的最強幻想種。在這之中，據說也有即使強如神明也只能予以封印、擁有強大力量的龍。

「那隻龍向一名男人傳達神諭，指出他將引導國家。那個男人正是拉斯貝特王國第一任國王【伊格納・拉斯貝特】陛下！而向伊格納陛下傳達神諭的龍叫做【提亞瑪特】。做為建國龍也描繪在國旗上，乃我國的守護神！」

艾瑪克蘿芙老師開始說明拉斯貝特王國建國與龍的傳說，不過這和我從師傅那裡聽來的故事相差甚遠。

由混沌之中誕生，帶給世界終焉的災厄之龍。那即是【提亞瑪特】，師傅的書籍中記載，神明離開大地的原因即神話的戰爭「黃昏的終焉大戰（Titanomachy）」之中，毀滅了眾多神明。可說是萬惡之源也不為過的龍，在拉斯貝特王國中做為建國龍受到人人的崇敬，實在不可思議。

我一邊恍神地聽艾瑪克蘿芙老師講課，一邊思考「阿斯特萊亞」這個名字。

師傅教導我的戰技名為【阿斯特萊亞流戰技】。至今為止不曾感到疑惑，然而為什麼這種戰技會冠上「阿斯特萊亞」之名呢？

「難不成與毀滅的王國有什麼關係嗎……？不對，想太多了。」

當我思索這種無聊事的期間，艾瑪克蘿芙老師也在繼續講課，等我回過神，同班同

學們都專注地做筆記。

我倏地看向坐在一旁的緹亞莉絲，她同樣也停筆浮現思索的神色。那帶著憂愁的側臉，讓我不禁看得入迷，再次停下動筆的手。

「嗯？怎麼了，盧克斯？你有不懂的地方嗎？」

或許察覺我的視線，緹亞莉絲微微偏頭詢問。她的陰霾散去，嘴角浮現有如女神般穩重的笑容，我的心臟撲通一跳。

「沒、沒有，沒什麼。別在意。」

「不行喔，盧克斯。如果放著不懂的地方不管之後會愈來愈不明白。因此別客氣，儘管問喔？」

緹亞莉絲把身體湊過來，浮現體貼的微笑，讓我不願意察覺自己的臉變熱了，於是趕緊別過臉。

「呵呵，盧克斯怎麼了？你的臉變得好紅喔？」

「……妳看錯了。不要靠近我，別把身體湊過來！」

不知不覺間，緹亞莉絲從女神轉職成小惡魔，全力以赴地捉弄我。然而有件重要的事情不可以忘記，那就是——

「——感情融洽是件好事，不過現在還在上課喔，兩位同學？」

露比蒂雅額頭冒出青筋，笑著提醒我們。一回神，艾瑪克羅芙老師也露出苦笑，學生們也露出摻雜殺氣和羨慕之類的視線投向我們。

「……對不起。」

「非常抱歉。」

我老實低頭道歉，緹亞莉絲也害臊地滿臉通紅道歉了。

＊＊＊＊＊

「對通過入學考試的各位同學或許覺得多此一舉，不過今天要講解魔術的基礎。」

下一堂是「魔術技能課」。站在講台上的是五官端整、戴著理性的眼鏡，浮現柔和笑容的穩重男教師。

老師的名字是馬克・史托克曼。北班新生的級任老師。聽說和羅伊德老師是同學。

「歸根究柢，所謂魔術是神明離開大地時，賜予我們無力的人類改變世界的奇蹟之力。」

神明讓【黃昏的終焉大戰】落幕便離開大地，不過當時降低自己使用的「魔法」這種奇蹟之力的威力，讓人之身也能使用，傳授給人類。那正是「魔術」。

「順帶一提，神明留給我們的力量除了魔術，還有『戰技』。是往昔神明施展的技巧，能夠引起與魔術匹敵的奇蹟，不過這是獨門祕傳的技術，因此這堂課略過不談。」

戰技分為阿斯特萊亞流及維尼艾拉流等流派，師傅表示，想學會得擁有與魔術迴異的才能。

「回到正題。為發動魔術所需的詠唱，是向星星請求、祈禱改變世界引發奇蹟的許可，請把魔力當作支付代價的通行費用。因此正確理解詠唱一事極為重要。」

馬克老師如此說明，在黑板上流暢地用漂亮的字體寫出各屬性基礎咒文的單字。

「詠唱開頭顯示的是要使用何種屬性的魔術。比如說火屬性的開頭是『火焰啊』。其後則表示如何運用產生的火焰，最後則支付魔力為代價，以發動魔術。」

老師一邊講解，一邊在黑板上補充說明，最後「火焰啊，化為子彈炸裂」的詠唱便完成了。

「如此一來，發動的是火屬性第二階梯魔術『鬼火・子彈』。那麼，接下來講解魔術階梯的知識。」

一般而言魔術根據術式的威力、取得難易度等條件，以階梯的形式分成各種級別。這種階梯，分成一到八級，隨著數字愈大，學會的難度也愈高，魔力的消耗也愈多。不過相對而言，威力及防禦力等等都跟著提升。」

教室內吵嚷起來。只要學習魔術，任何人都憧憬高級別的魔術。據說只要學會最高難易度，便能無限引發近似魔法的奇蹟，然而——

「我先提醒各位同學。請不要在學生時期，把學會高階梯魔術當作目標。說得清楚一點，只是浪費時間。」

歡聲沸騰剎時間轉為寂靜。坐在隔壁的緹亞莉絲「啊哈哈」地苦笑，露比蒂雅則雙手抱胸，一副理所當然的模樣點頭。順道一提，前面座位的雷歐不知為何抱著頭。

「『最多能運用何種階梯的魔術』是最淺顯易懂的優秀魔術師的指標。然而那終究只是一種基準。現在隸屬於拉斯貝特魔術師團的大部分魔術師，頂多會用第三到第四階梯魔術，我和大家的級任老師羅伊德老師，在學生時期習得的只到第四階梯為止。」

其理由極為單純，他便當作前提說下去。

「因為第五階梯以上是才能的世界。可以說是從人的極限踏出一步的存在，是無法跨越的高牆。」

馬可老師浮現苦笑聳肩，並毫不掩飾地說明。面對說明太過直接而啞口無言的學生們，他繼續往下說：

「縱使殘酷，這是不會動搖的事實。不過現階段，各位同學不見得無法習得第五階梯以上的魔術喔？畢竟說不定有朝一日才能會突然展現呢。」

「那、那麼為什麼我們不可以學習呢？趁還是學生時致力於學習比較好吧？」

「與其把精力耗費在不曉得是否能學會的高階梯魔術上，學習現在確實能習得的低階梯魔術，累積修練，在畢業之際成為熟練的魔術師要更優秀。」

馬可老師不改其笑容，不過堅定地斷言。

「因此從今天到畢業為止的三年期間，至少要學會運用自己資質屬性的第四階梯魔術，且至少能夠會無詠唱使出第二階梯魔術，好好努力。」

無詠唱。那句話一說出的瞬間，教室再次吵嚷起來。

「剛才提到的詠唱，我說明過是『向星星請求、祈禱改變世界引發奇蹟的許可』，而省略詠唱，只說出奇蹟之名（魔術名）便能引發奇蹟（讓魔術發動）的招式就是無詠唱。一流的魔術師大致上都可以領悟。請放心，到這個領域為止，與才能之類的無關，只要付出嘔心瀝血般的努力，任何人都可以達到。」

那樣並非人人都能夠做到吧？教室裡所有學生都在內心吐槽。

順道一提，所謂無詠唱正如其名，是在發動魔術時省略必要咒文的技術。由於師傅交代，身為魔術師可以更上一層樓，要我絕對要學會，便拚死拚活學會了，是不願憶起的記憶。

「詠唱除了祈禱，尚有另一種重要的作用，那就是補充對於發動魔術的想像。也就是說要領悟無詠唱，只要能夠不藉由輔助便可以想像發動的魔術即可。」

嘴巴講講是很簡單啦。所有學生又在心中一同吐槽。儘管受到教室裡的學生半瞇眼地瞪視，馬克老師也不改柔和的笑容，如此說明。

「因此各位同學，請邊嘔血邊多多使用魔術直到魔力枯竭為止，把想像銘記在心。這就是成為一流魔術師的捷徑！」

老師，您面帶笑容地說無比驚駭的話耶。沒有人想走這種捷徑啦！大家會在心中第三次吐槽也不在話下。

＊＊＊＊＊

上午的課程結束，進入午休時間。

「哎呀……明明才第一天，累死人了。」

雷歐一邊伸展背部，脖子的骨頭一邊「喀嘰喀嘰」作響。坐在座位上幾小時聽課，他似乎相當苦痛，儘管才第一天上課，已搖頭晃腦地打起瞌睡，快要進入夢鄉了。

「話說回來，艾瑪克蘿芙老師擔任級任老師的西班還真令人羨慕耶。如果那位老師是級任老師，每天都會過得很開心吧……盧克斯也有同樣想法吧？」

「不要把話題拋給我啊……」

「羅伊德老師是非常優秀的魔術師喔。畢竟他的雙親並非魔術師，只是在王都經營咖啡廳的一般人。加上追溯到祖父母、曾祖父母那一代，老師的家系並非魔術師。您明白這代表什麼意思吧？」

聽見露比蒂雅說明，雷歐發出青蛙被壓扁般的「嗚呃」聲。緹亞莉絲向不曉得令人大吃一驚的點為何而不解歪頭的我說明。

「一般而言影響魔術師的優劣，首先會提到血統。這是因為雙親傳給孩子的力量會代代傳承。」

「也就是說，誕生時才能已獲得保證。而透過代代累積，魔術愈發洗練，升華至更高的境界，因此家族歷史愈久，身為魔術師便站在更高處，就是這麼回事。」

露比蒂雅不滿地噘嘴說：「真令人火大。」這番話讓緹亞莉絲也浮現苦笑。

「縱使繼承強大的力量，如果當事人沒有操控的能力也只是白搭。要讓寶石閃閃發光，或者成為一般的石頭，結果還是依照那個人多麼努力。不過老實說，許多人都沒有察覺這件事。當然在這個學園中也一樣。」

兩人誕生於代表這個國家的約雷納斯家與維尼艾拉家，擁有多個魔術資質。不過現在她們並非只憑與生俱來的才能而站在這裡。

然而師傅常掛在嘴邊，令人悲傷的是努力有不被周圍的人理解的傾向。

師傅表示，只要用「才能」這句話概括一切，心靈則會受到拯救。凡人可以從天才在私底下嘔心瀝血地累積修練一事別開目光，把「與生俱來的才能差異」當作藉口，讓內心獲得安寧。

「不過羅伊德老師並非如此。他把自身的才能磨練到極致，是進步到離【亞樹爾騎士】只差一步的秀才。」

露比蒂雅宛如當成自己的事情般誇耀地說明。緹亞似乎知道這件事，以了然的神色點頭，不過初次聽聞的我與雷歐都大吃一驚。

「喂喂，真假……羅伊德老師是幾乎被【亞樹爾騎士】選上的人才嗎？」

過去師傅擔任隊長，做為魔術師抵達的終點是怪物們的聚集之地，老師憑自身的才能與努力到達只差一步的快舉。平時根本不會有機會受到這種人指導。

「補充一點，根據我聽來的三年前史上最年輕被【亞樹爾騎士】選上的卡蓮·弗爾修是羅伊德老師指導的學生喔？」

緹亞莉絲的說明，讓雷歐遭受更大的衝擊，太過驚愕地張大嘴巴，有如渴求空氣的魚一張一合。卡蓮某某是那麼厲害的人嗎？

「盧克斯恐怕不曉得，我來說明，卡蓮·弗爾修是拉斯貝特王立魔術學園的畢業生，以十八歲的年紀破例被【亞樹爾騎士】選上，是貨真價實的天才。」

「同樣身為女生，我可是不會輸的！」露比蒂雅邊握緊拳頭邊堅定地說道。原來如此，就是羅伊德老師擔任那名天才的級任老師，也難怪雷歐會大吃一驚。

「雷歐尼達斯懂了嗎？我們的級任老師就是這麼厲害的人。而那樣的人物是級任老師，可說是極其幸運。」

「……沒有錯。這樣還要抱怨，會遭受天罰的。」

雷歐苦笑地說服自己，露比蒂雅則滿意地凝視他的模樣。說不定這兩人意外地意氣相投。

「我說緹亞莉絲，可以問妳一件事嗎？」

「當然可以！課堂上果然有不明白的地方吧？請儘管問！」

不曉得她在開心什麼，不過緹亞莉絲樂不可支地把身體湊近，我忍不住浮現苦笑，並向她提出心中揮之不去的疑問。

「不是，我沒有不明白的地方。只是有點在意緹亞莉絲對於『阿斯特萊亞』這個詞彙的看法。師傅曾向妳說明過嗎？」

「啊，這件事啊。我也覺得很疑惑，很遺憾地梵貝爾先生什麼也沒說過。那位老師是保密主義也挺令人傷腦筋。」

緹亞莉絲如此說道，無奈地嘆了口氣聳聳肩。他分明一再大談豐功偉業，卻絲毫不告訴我關於他自己和我的事情。唉，那個人也有不知道的可能性，這也不好說。

「那就算了。抱歉，問了妳奇怪的事情。」

「不會，我才抱歉沒有幫上忙。我們差不多該去吃午餐了！聽說學生食堂的餐點很美味喔！」

緹亞莉絲這麼說，突然握住我的手跑出去。看見這情景，露比蒂雅發出接近慘叫的聲音後追了上來。

「雷歐尼達斯，你在磨蹭什麼？你也一起來！我們要追上那兩人喔！」

「我也要去嗎？可是不想牽扯進你們的爭執耶！」

別說那種話，既然是朋友，拜託你來一下。

假如就這樣三個人前往聚集大批學生的食堂，可以預期會遭受什麼樣的白眼。就像今天早上被亞邁傑糾纏，演變成麻煩事也說不定。假如雷歐也在場就能分散負面情感。所以請一定要一起來！我拚命以視線如此訴說。

「真拿你沒轍！知道了，一起過去就好了吧？只不過就算我人在場，也不會改變情況喔？你要了解這一點喔！」

雷歐自暴自棄地大叫並站起來，一同過來了。嗯，能和他當朋友真的太好了。

然而令人悲哀的是我的預感命中了，雷歐的話成為現實。

雖然食堂人山人海，幸好有四人座位空著，能夠點到數量限定的帶骨肉午餐，到這裡都還很順利。不過當我們要開動的時候，事件就發生了。

「緹、緹亞莉絲同學！」

被叫到名字，緹亞莉絲「咯」地發出青蛙被壓扁般的聲音，露骨地浮現不情願的表情，轉頭一望。眼前是西班首席的亞邁傑．埃亞迪爾與其跟班的三人組。儘管帶著爽朗的笑容揮手走近，他沒有察覺緹亞莉絲的反應嗎？

「緹亞莉絲同學，如、如果妳願意，可以和我共進午餐嗎？」

「不好意思，亞邁傑同學。」

隱約紅著臉邀請緹亞莉絲用餐，不過卻不被放在眼裡，被一刀兩斷地拒絕了。

露比蒂雅與雷歐開始享用午餐，就像沒看見馬上遭拒絕而愕然不已的亞邁傑，緹亞莉絲也朝我露出笑容。

「來，盧克斯。趁著飯菜還是熱的，趕緊開動吧！」

儘管我非常想趕緊開動，亞邁傑的視線很螫人，現在不是吃飯的時候。不要把充滿憎惡的目光投向同學啦。

「盧克斯．魯拉……看來非得儘早和你分出勝負不可！」

不要用滿載怨氣的聲音宣告開戰好嗎？還有可別忘記這裡是大批人潮聚集的食堂，以及你是名人的事情啊。

「你看，難道那名綠髮的學生是埃亞迪爾家的天才嗎？」

「然後被纏上的人，是在入學典禮的分班判定上史無前例『無合適班級』的問題兒童吧？為什麼那種人可以入學啊？」

「那種人竟然與緹亞莉絲同學和露比蒂雅同學處在一起……」

「話說回來，緹亞莉絲同學真的有夠可愛。露比蒂雅同學也超美的……和她們在一起的兩個男生太令人羨慕了。」

「待會……收拾他們吧！」

周圍傳來的怨恨聲音讓我頭痛。其中也有高年級生，正如艾瑪克蘿芙老師所言，我的分班判定結果已廣為人知，處境艱難。

「亞邁傑，我不想現在和你吵架。這裡是學生食堂，不是起爭執的地方吧？」

「唔……確實如你所說……！不過我不可能放著籠絡緹亞莉絲同學的你不管！」

「籠絡……我沒有做過那種事……」

真希望有人告訴我，要用何種眼光看待我和緹亞莉絲的互動才有這種聯想。我想徵求同意而把視線投向她，結果她正美味地咀嚼蛋包飯。有如小動物般可愛的舉動不禁讓人莞爾一笑。

「我不原諒你！所以和我戰鬥吧，盧克斯．魯拉！」

亞邁傑口中突然說出決鬥的申請，讓整個食堂一片譁然。連以露比蒂雅及雷歐為首貫徹與我無關態度的學生們也紛紛抬起頭，將興致勃勃的視線投向我。附帶一提，緹亞莉絲依然持續咀嚼中。

「現在馬上打，或放學後打，隨時都可以。和我戰鬥吧。然後如果我贏了……你就要離開緹亞莉絲同學。」

那並非憑我個人能決定的事情，最重要的是會忽略緹亞莉絲的意思，他沒察覺這種事嗎？我也不會刻意開口訂正，現在思考該如何回覆這個令人感激的申請才要緊。

「哎呀──今年的新生活潑好動，真不錯呢，羅伊德也想起年輕的時光了吧？」

「校長，可以不要在學生面前隨便提到我的過去嗎？」

在吵嚷的食堂中出現的，是亞麻色頭髮的美女與眉頭有深深皺紋的黑髮教師。

「哈哈哈！不用謙虛。學生時期的你比任何人都要血氣方剛，不分對象地提出實為吵架的決鬥申請。因此我當時多麼辛勞啊……」

安卜羅茲校長無奈地聳了聳肩，羅伊德老師邊按著額頭邊嘆氣。代表拉斯貝特王立魔術學園的魔術師突然登場，食堂安靜下來。

「用不著在意我們，你們可以繼續聊天喔？我允許決鬥，就盡情打一場吧。」

「……校長，再怎麼樣也太隨便了。他們倆是剛入學沒多久的新生。突然就展開決鬥，這樣太缺乏常識了。」

羅伊德老師冷靜且合理的指正，讓安卜羅茲校長不滿地噘嘴，但是這個人可沒天真到會輕易退縮。

「那麼羅伊德，在你教的『魔術戰鬥課』讓兩人打一場不就好了？這麼一來，可以當作課程的一環，你也可以了解兩人的力量現階段如何，好處多多耶？」

如此說道的校長浮現賊兮兮的笑容，這讓羅伊德老師手抵著下巴陷入沉思。不對，身為教師要堅決反對到底吧？

順道一提，羅伊德老師負責的「魔術戰鬥課」的內容正如其名，是假設對人、對魔物的魔術戰鬥訓練。在拉斯貝特王立魔術學園眾多的科目中最為嚴苛，同時也是人氣首屈一指的課程。

「原來如此，確實有一番道理呢。校長偶爾、真的很罕見地也會說出有道理的意見呢。令人敬佩。」

「我說羅伊德啊。你剛才是不是瞧不起我？明明是你的恩師，這種態度不對吧？」

「沒有這回事，安卜羅茲校長。我比任何人都尊敬身為魔術師的您。身為魔術師的您。」

由於是重點，所以說了兩次。最後羅伊德老師滿面笑容地補充的言論，讓校長怒上心頭，不滿地踏著地面。那些事情無所謂，不要把當事人放著不管自顧自聊天啦。

「啊……這麼突然，抱歉啊你們倆。亞邁傑，你希望和盧克斯決鬥，就在我的課堂上交手吧。有意見嗎？」

「不會，我沒有意見。感謝您願意實現我的任性，羅伊德老師。」

「盧克斯也沒問題吧？話雖如此，事已至此，你沒有拒絕的權利了。」

自從與緹亞莉絲相遇以後，我覺得幾乎沒有遇到有權拒絕的情況，但奇妙的是我一點都不想拒絕。

「好的，沒有問題。不如說機會來得正好。畢竟我也一直想和亞邁傑交手看看。」

「你說想和我交手看看？我絕對……會讓你後悔說出這種話！給我記好了！」

「很好。入學不久的新生彼此進行模擬戰雖不常發生，不過明天的課堂上，你們倆就來一場模擬戰吧。相對而言，我會把你們當作教材，要做好準備。」

羅伊德老師這麼說，帶著依然不滿地鼓著腮幫子的安卜羅茲校長離開食堂。不吃飯沒關係嗎？

「盧克斯．魯拉，我會把你裝乖的外皮給剝下來。給我做好心理準備！」

「叫我盧克斯就好了。連名帶姓叫人令人背部發癢，唸起來也很麻煩吧？我也會直接叫你亞邁傑喔。」

「不要像朋友一樣親暱地和我說話！感覺都不對勁了，蠢貨！」

亞邁傑大發雷霆，帶著兩名跟班朋友離開食堂。離開時，他還撂下一句：「就讓你瞧瞧我的真本事！」

「喂喂，盧克斯。在一旁默默聽著，卻演變成不得了的情況了，沒問題嗎？」

坐在身旁的雷歐用力握住我肩膀，朝我搭話。至今明明一直沉默不語，事到如今還問有沒有問題，我覺得不太好，另外你嘴角愉快地揚起了，掩飾一下吧？

「唉，船到橋頭自然直啦。只要亞邁傑不像師傅那麼強大就沒事。」

「呵呵，我了解雷歐尼達斯同學會擔心，不過盧克斯不會有問題。畢竟我對上亞邁傑同學時，從來沒有被他繞到背後啊。」

緹亞莉絲如此說道，一邊擦拭嘴角，一邊合掌表示吃飽了。不知不覺間吃完了。說起來，這場騷動的原因明明就出在緹亞莉絲身上，她為什麼不幫我一把呢？

「話雖如此，對方可是埃亞迪爾家的天才，風屬性魔術的高手亞邁傑耶？不論如何這個對手不好對付啊？」

「雷歐這個壞心眼，你心裡有數才故意這麼說吧？」

「是啦。這可是個好機會能看見傳聞中的特別生，且受到那名『龍傑的英雄』梵貝爾・魯拉親自指導的你的實力啊！」

從雷歐口中蹦出的言論，讓食堂再次化為吵嚷的漩渦。

「話說回來，盧克斯，我一直很在意，養育你的梵貝爾先生現在在做什麼呢？」

「啊……那個人有一天突然留下一筆債務，消失無蹤了。」

只不過我因此與緹亞莉絲相遇，現在能在學園念書，因此一言難盡。

「該怎麼說呢……盧克斯過著波濤洶湧的人生，甚至不讓人覺得我們同年齡耶。說真的，如果有煩惱隨時都可以找我商量喔？會幫你的。」

「謝謝你，雷歐。有這句話，我就很開心了。」

「不可以喔，盧克斯。在找上雷歐尼達斯同學以前，請先依靠我。畢竟師傅親自把你的事情託付給我了啊！」

緹亞莉絲鼓著腮幫子，微微探出身體道出神祕的抗議。師傅確實把我託付給緹亞莉絲，但也用不著任何事情都要對抗吧？

「也可以依靠我喔，盧克斯，維尼艾拉家會盡全力支持你。」

「呵呵，露比在說什麼啦？盧克斯就交給我，妳待在家好好鍛練肌肉吧。沒有妳出場的餘地！」

「夢話是在睡覺時說才叫做夢話，如果在清醒的時候說，不過只是蠢話罷了。緹亞才是乖乖地磨劍如何？」

兩人之間火花四射。好，我現在很困擾，趕緊向雷歐求助吧。當我這麼想而望向一旁時，他卻像是為了準備逃跑而站了起來。

「抱歉，盧克斯。早上也說過了，我不打算牽扯進紛爭內。你就當作是受歡迎男人的宿命，自行撐過去吧！」

拜啦。雷歐揮揮手，有如脫兔般拿起餐盤離開了。看來我們之間的友情比想像得更脆弱。

「機會正好。我們也仿效盧克斯他們來決鬥吧？差不多該分出誰比較厲害了。」

「哦呵呵。妳的想法真不錯。總是被拿來和妳相比，正好也讓我很煩躁。會把妳打得體無完膚！」

看見兩名美少女現在也快打起來了，食堂內的學生們便當場鳥獸散。我也可以一起逃跑嗎？

第5話　盧克斯的實力

隔天。

我們東班與西班的學生在室內鬥技場集合。

這天從一大早，擦肩而過的學生都對我投向摻雜輕蔑的奇異視線，讓人沮喪不已，不過到了這堂課前的午休時間，同班同學便說：「加油！」「別輸了！」激勵我，因此士氣大振。

這個鬥技場設有觀眾席，構造上能讓人觀賞學生之間進行的決鬥。

羅伊德老師負責的「魔術戰鬥課」的課程由兩個班級一起上課，班級的組合每個月都會輪替。不過不知為何無關的「魔術歷史課」的艾瑪克蘿芙老師也在場，令人不解。

「我是負責『魔術戰鬥課』的羅伊德．洛雷亞姆。儘管不曉得各位同學畢業以後有什麼目標，但是今天開始的三年之間，我會教導各位魔術戰鬥的技巧，請大家做好心理準備。」

因為羅伊德老師以毫無抑揚頓挫的平淡語氣宣言，因此我覺得有如拿到通往地獄的單向車票。

「無須提醒，我們魔術師就算沒有加入軍方，也擁有守護這個國家人民的責任。因此不僅要因領悟魔術而感到喜悅，也必須能在實戰方面運用。」

將魔術視為知識學習並在施展時感到滿足，並不是件壞事。不過如此一來只是「魔術使」，而非「魔術師」。所謂「魔術師」乃因地制宜、隨機應變地施展領悟的魔術之人。就這一點來看，學園中的大多學生依然只是個「魔術使」。

「因此我會把重點放在實戰上。透過模擬戰除了已學會的魔術，在『魔術技能課』的課堂上學會的知識化為自身血肉，予以洗練，讓各位同學從『魔術使』升華成『魔術師』。這正是『魔術戰鬥課』的課程宗旨。」

聽見羅伊德老師的說明，學生們都嚥下口水。

這裡的學生，大部分都因學會使用魔術而感到喜悅，不過羅伊德老師的言外之意是光這樣還不足夠。

話說回來，師傅也曾提過類似的事情。

——「學會用」我所教導戰技和魔術而感到喜悅，不過是個二流的。你要在任何狀況中都能看清情況、臨機應變，「熟練運用」。能夠做到這一點，才首次成為一流——

「那麼今天的課程……我想各位已經知道了，由盧克斯・魯拉和亞邁傑・埃亞迪爾兩位同學進行模擬戰。兩人都上前。」

聽見名字被叫到，我深深吐了一口氣後，走向羅伊德老師。此時，緹亞莉絲拉住我的袖子。

「盧克斯，加油喔。」

「緹亞莉絲，謝謝妳，我會全力以赴戰鬥。」

在師妹面前，可不能打一場丟臉的戰鬥，不過緹亞莉絲的出聲加油，反而讓對戰對手亞邁傑更加怒火中燒。他的眼神因此變得極為可怕。你要努力多少隱藏住殺氣啦。

「模擬戰的規則在校長的指示下，以隨意發揮的決鬥形式進行。上頭的指令是不論魔術、戰技，你們要拿出所有本事應戰。真是的，按照慣例，新生的模擬戰要在入學經過一個月以後才會進行，偏偏又是決鬥的形式。那個廢物混帳教師。」

羅伊德一邊咒罵校長，一邊深深嘆了口氣。

附帶一提，所謂決鬥形式是只要不殺害對手，戰鬥方式不拘的決鬥。無關乎合法與否的【鬥技場】也是以同樣的規則進行，不過以新生彼此的戰鬥而言，似乎有些太危險了吧？雖然有這種想法，我和緹亞莉絲在相遇之初便早早決鬥了啊。

「由我擔任裁判。其中一方投降，或者我判斷無法戰鬥，便分出勝負。而這次為了防範未然，也請艾瑪克蘿芙老師出席了。」

為什麼無關的艾瑪克蘿芙老師人在這裡，包含我在內的東班學生都大吃一驚，相對的西班學生們似乎不怎麼驚訝。

「在羅伊德老師與安卜羅茲校長的請求下，我過來出差了！既然我人在場，大家就放一百二十個心！兩人請盡情戰鬥！只要還有一條命在，我就能用治癒魔術在轉眼之間治好你們！」

艾瑪克蘿芙老師華麗做了彷彿有星星掉落般的眨眼，以輕鬆的口吻說明，讓東班遭受第二次衝擊。

治癒魔術——不屬於任何屬性的魔術，被稱為系統外魔術，簡單來說就是與生俱來的才能。因此能用治癒魔術的魔術師，在任何國家都當成貴重人才看待，幾乎不會出現在眾人面前，沒想到身邊竟然有這種人。

「原本我應該盡全力拒絕，不過艾瑪克蘿芙老師能用罕見的治癒魔術，這次便破例讓她在場。這也是校長的安排。」

「等等，羅伊德老師，不要講得我好像很礙事好嗎？」

「事實上就是。如果妳在場，話題就不會有進展。因此請妳閉上嘴巴。這是我負責的課。」

「人家還挪出珍貴的休息時間跑來出差耶……羅伊德老師太嚴格了啦……哭哭。」

艾瑪克蘿芙老師邊說邊假裝哭泣，讓羅伊德老師發自內心表露嫌惡的神色，重重嘆了口氣。

「就是這麼回事，盧克斯、亞邁傑。你們就盡情戰鬥吧。校長會負起責任。」

「知道了。那麼我不會客氣，將盡全力一戰。」

亞邁傑嘴角浮現笑意，把射殺般的視線投向我如此說道。他該不會想認真廝殺吧？假如真是如此，我也無法手下留情。

「前言長了一點，盧克斯·魯拉與亞邁傑·埃亞迪爾的模擬戰開始吧。除了兩人，其他學生請儘速移動到觀眾席。」

學生們陸續開始走向觀眾席。這段期間，我與亞邁傑也暫且拉開距離。

「我要打倒你，讓緹亞莉絲同學清醒過來。從一開始就會使出全力出招，盧克斯・魯拉，做好心理準備吧！」

「我說過直接叫我盧克斯就好吧？暫且把緹亞莉絲的事情給忘了，我們來場精彩的對決吧。」

「什麼精彩的對決……我馬上就讓你體會這是場決鬥！」

亞邁傑散發濃烈的殺氣，壓低身體舉起木劍。他的動作無一絲猶豫，站立的姿勢無懈可擊。那證明了豈止魔術，也修練過戰技。

況且他的魔術資質是風。看來盤算以速度與接連出招壓制我。我絲毫不打算大意，但不繃緊神經會嘗到苦頭，於是集中精神，將木劍對準他。

「盧克斯————！加油喔————！」

緹亞莉絲從觀眾席揮手，大聲為我打氣。嗯，妳的心意讓我很高興，不過那是反效果。亞邁傑的幹勁不斷攀升，拜託妳自制一點。露比蒂雅、雷歐，不要別過臉忍笑，快阻止緹亞莉絲啊。

「竟敢獨占緹亞莉絲同學的聲援……絕對要打倒你！」

亞邁傑有些淚眼汪汪地向我宣告。我絲毫沒有獨占的念頭，你別那麼生氣啦。

「好，大家都退開了。兩人都準備好了嗎？」

羅伊德先生一問，我與亞邁傑同時點頭。室內鬥技場充斥著緊繃的緊張感，寂靜瀰漫。羅伊德老師打破了沉默——

「那麼——戰鬥開始！」

以強而有力的聲音宣布，拉開戰鬥的序幕。

先出招的是亞邁傑。與宣布開始的同時詠唱，完成魔術伸出右手。

「風啊，化為子彈貫穿敵人『疾風・子彈』！」

他釋放的是產生壓縮過的風之子彈，風屬性的第二階梯魔術。

風屬性的魔術特性是「速度」。詠唱後至發動為止的速度與發動的魔術本身的速度，在各屬性之中可說首屈一指。

亞邁傑的魔術也不例外，他釋放的風彈朝著我的身體筆直地疾速射來。

「大地啊，化為守護吾身的盾牌『大地・障壁』。」

我一邊詠唱，右手一邊擱在地面上。那一瞬間大地向上隆起，成為一道障壁，風之子彈狠狠撞在牆面上。多少有塵土被削開，但不至於貫穿。亞邁傑的咂嘴聲從障壁另一側傳過來。

我所使用的是地屬性的第二階梯魔術。地屬性的特性是「防禦」。與風屬性相比，至發動的時間較長，不過防禦力遙遙領先，面對非相剋的風屬性很少會被突破。

「竟然用地屬性魔術完整擋下亞邁傑先一步發動的風屬性魔術……盧克斯的魔術構築速度也太驚人了吧？」

「盧克斯的魔術資質是土嗎？剛才的『大地・障壁』比我還厲害耶？」

從觀眾席傳來露比蒂雅與雷歐驚訝與疑惑的聲音。包含亞邁傑在內，觀眾席的大部分學生都有同樣的想法吧？除了緹亞莉絲。

「呵呵，對於盧克斯，那種招式根本小事一樁。應該說如果做不到，會被梵貝爾先生責罵的。」

她嘴邊帶著笑意說明，這次讓學生們啞然失聲。如緹亞莉絲所說，師傅把我鍛鍊到能輕輕鬆鬆施展這種程度的魔術。

「別因為成功擋下一次我的魔術，就得意起來了！風啊，化為利劍突擊吧『疾風・短劍』！」

亞邁傑的魔力所生成的風，在我的頭上化為一把大劍高速墜落而來。他在風屬性的第三階梯魔術之中，選擇威力強大的招式。加上來自空中的攻擊，用地屬性魔術防禦會有點棘手。

我選擇迴避，將體內的魔術匯集到雙腳，嘗試脫離到射程範圍外。若不這麼做，擋開風之大劍的當下，整個人會遭受狂風波及。

「別想逃！風啊，化為子彈貫穿『疾風．子彈』！」

彷彿正如同他所料般，亞邁傑追著我移動並射出風彈。而且不是一發，而是連射了兩、三發。

悉數避開這些風彈是不可能的。我如此判斷，讓魔力流至全身，轉眼之間把肉體轉換成魔術戰模式，接著——

「——喝！」

我大喝一聲，揮舞用魔力強化的木劍，完全打下射來的子彈。

「太天真了，盧克斯．魯拉！」

魔術是誘餌。亞邁傑縮短與我之間的距離，毫不猶豫地將高舉的木劍快速揮下。

「喝啊啊——！」

倘若是一般的對手，這一擊就會結束了吧？不過每一天都親身體會垃圾師傅那肉眼根本追不上的劍閃，在我眼裡亞邁傑的攻擊太慢了。我把右腳當作軸心旋轉半圈身體，以最小幅的動作迴避了。

「——唔？喝！」

原以為勝券在握的攻擊遭閃開，讓亞邁傑睜大雙眼，不過隨即轉過手腕，重重往上劈砍，使出第二道攻擊。對此我把木劍向下揮，擋住攻勢了。

喀咚，沉重的聲音響徹室內鬥技場。

「——疾！」

我一腳踢向亞邁傑露出空檔的身體。儘管他發出「嗚」的沉重聲音，被踢飛出去，恐怕沒有造成傷害吧？雖然有踢中的感覺，但他隨即往後一躍，避免直接傷害。他馬上站起身就是最好的證據。

「竟然還動腳……你的戰鬥方式還真野蠻。」

「羅伊德老師也說過吧？決鬥的形式不拘喔。」

亞邁傑擦著嘴角再次舉起木劍。別說失去鬥志，他甚至變得鬥志高昂。

觀眾們屏息看著我們的攻防戰。戰鬥後勝利，為了在不同狀況之中都能存活下來，要將各種招式鍛鍊到極致。這是師傅常掛在嘴邊，交代我的訓誡。

「那亞邁傑，接著換我了。雷鳴啊，化為長槍傾瀉吧。如驟雨『雷電・槍雨』！」

我所發動的是雷屬性的第四階梯魔術「雷電・槍雨」。雷與風屬性的相性不佳，但擁有「貫穿」的特性，倘若面對普通的防禦，無關乎相性容易貫穿。

「風啊，除去吾身聚積的災厄『疾風・聖盾』！」

對於從天降下的無數道雷擊，亞邁傑痛苦地額頭浮現大顆汗水，發動魔術形成風之盾抵擋。似乎是第四階梯魔術，但他恐怕還不習慣吧？不僅消耗超乎必要的魔力，生成的風之盾還不安定地晃動。

「——唔，嗚嗚！」

然而消耗超乎所需的魔力奏效了，強度十分足夠。在鬥技場轟然作響的雷擊停歇，揚起的塵煙散開以後，眼前的是肩膀起伏、喘著氣且還沒倒下的亞邁傑的身影。

「呼、呼、呼……還真沒料到你會用第四階梯的魔術。」

「我也同樣吃了一驚。就算有調整力道，沒想到會被擋下來。難怪緹亞莉絲稱讚你是個天才。」

「緹亞莉絲同學稱讚了我？盧克斯，那是真的嗎？」

亞邁傑彷彿疲勞一掃而空，緊咬這個話題。原本緊繃的氣氛一口氣舒緩下來。一牽扯到緹亞莉絲的事情隨即變成廢柴，這樣好嗎？

「呃、是啊。她說過如果是風屬性魔術的操控，你比較優秀。」

「緹亞莉絲同學竟然那樣稱讚我……呵呵呵。那麼為了不辜負這番話，我果然不能輸給你！」

而且一牽扯到緹亞莉絲的事情，思考隨即變得極端，性情也變得直腸子，但若能因此發揮超出實力的力量，以對手而言可說難以應付。

「接下來才要分勝負！要上囉，盧克斯！風啊，化為利刃舞蹈『疾風．刀刃』！」

亞邁傑的魔術生成無數道風刃，大範圍地分布，預劈砍我而襲來。

「亞邁傑，就這點實力嗎？」

我用身體強化將魔力量提升一個階段，用木劍將射來的風之刃悉數打落。

「什麼？區區木劍就能擋開我的魔術？」

「沒那種空閒讓你驚訝喔，亞邁傑！」

這次我一腳踢向地面奔馳，以甚至將聲音拋下的速度繞到他背後，對著毫無防備的背揮下木劍。但真不愧是四大魔術名家的嫡子。亞邁傑在千鈞一髮之際反應過來，轉身擋下攻擊。

「挺有一套的嘛，亞邁傑。」

「嗚……唔！」

「你太專注在劍上了，身體處處有機可趁喔！」

我再次一腳踢向他的腹部。響起「咚滋」的沉重聲音，亞邁傑身體前彎，一邊口吐鮮血一邊後退了。

「風、風啊，吹拂『疾風』！」

「——唔！」

亞邁傑痛苦地扭曲面孔，以釋放的風把我的身體吹向後方。儘管只是產生強風的初階魔術，以拉開距離而言是最合適的方法。

「風啊，化為利劍突擊吧『疾風・短劍』！」

亞邁傑間不容髮地產生風之大劍。不只在這麼短的時間內連發魔術，分明也累積了傷害，卻還不減鬥志。觀眾席傳出歡呼聲。

「風啊，飛舞吧『疾風・襲擊』！」

我輕鬆地舉高左手臂。

以我為中心颳起狂風，其風壓和逼迫而來的大劍相抵消了。

「怎麼會……！你也懂風屬性嗎？」

亞邁傑驚訝地大叫。雖然聲音摻雜悲痛，不過在戰鬥時哀嘆會造成致命的空檔，可說是下下策。

「雷鳴啊，奔馳『雷電・射擊』。」

我靜靜地呢喃，食指產生紫電，朝著亞邁傑筆直射出。

「嗚啊啊啊——！」

雷電奔馳的「啪嘰啪嘰」聲與痛苦的慘叫聲重疊。即使如此他依然維持意識，將木劍插入地面不讓膝蓋跪地。

我於內心讚賞他的膽量，並把木劍擱在腰部，右手放在劍柄上。右腳向前，身體前傾地沉下腰。

釋放的招式乃劈開天地萬物的神之一閃，其名為——

「阿斯特萊亞流戰技——祕技『神解一閃』。」

有如千隻鳥啼叫的轟然巨響響澈室內鬥技場時，我已經以揮下劍的姿勢站在亞邁傑背後了。

「……嘎啊。」

亞邁傑發出痛苦的聲音翻白眼，身體緩緩往前倒下，一動也不動了。包含他在內，在場到底有多少人了解發生什麼事呢？

「亞邁傑，我已經說過不可以為每一件事情大驚小怪喔。」

我眺望著手中的木劍不知何時化為塵埃崩解的情景，呢喃道。

無論敵人施展何種魔術都不要慌張，若無法保持冷靜就會輕易丟掉性命。那就是魔術師的世界。

縱使沒有資質，魔力消耗的效率不佳、威力多少下降，也不表示無法使用。只要能熟練使用多個屬性魔術，戰鬥的選擇也會增加，既然想成為魔術師，就要學會資質以外的魔術，這是師傅的教誨。

「勝負已定。勝者，盧克斯・魯拉！」

羅伊德老師宣布贏家的名字。

波濤洶湧的過程與單純至極的結局，讓室內鬥技場陷入一片寂靜，不過接著傳出陣陣拍手聲，逐漸渲染到全體，歡聲雷動。尤其以雷歐為首的東班學生發出近乎吼叫的歡呼聲。

而率先拍手的師妹則浮現欣喜的笑容，靜靜地說道：

「辛苦了，盧克斯，非常帥氣喔。」

即使在遲遲不停歇的歡聲之中，她的聲音也清晰地傳了過來。

＊＊＊＊＊

模擬戰結束後，這一天的「魔術戰鬥課」的課程結束便原地解散，但不知為何我沒有回到教室，而是在醫務室和艾瑪克蘿芙老師面對面坐著。

「辛苦了，盧克斯同學。比賽十分精彩，老師好感動！」

「謝謝……話說老師，亞邁傑就算了，為什麼連我都得來醫務室啊？」

先前戰鬥中受傷、失去意識的亞邁傑被搬到醫務室接受治療，躺在床上休息。另一方面，我有不少擦傷，但沒有明顯的外傷，因此沒有特地跑一趟的理由，然而不知為何被艾瑪克蘿芙老師叫來這裡。

「那是什麼話？就算只是輕傷，你也受傷了吧？治療傷口就是我的工作喔。」

艾瑪克蘿芙老師一邊苦笑一邊把手擱在我的胸口。

舒適又溫暖的魔力傳遍全身，宛如受到聖母的慈愛包覆般的奇妙感受，這就是治癒魔術嗎？

「好，結束，傷口全都癒合了！」

「謝謝老師。接下來還有課，我就先——」

「等一下，盧克斯同學，治療只是附帶的，其實我想稍微和你聊聊天。」

「聊天……嗎？這件事情重要到甚至要我翹課嗎？」

「沒有錯喔。」艾瑪克蘿芙老師浮現親切的微笑，卻散發不容反對的壓力，我便放棄，於內心嘆氣。

「當然了，我也不是想閒聊或者聊戀愛話題，放心吧。開學後已經過了一週，你有沒有煩惱？」

「煩惱嗎？我想想喔……硬要說的話，就是睡在那邊的亞邁傑同學每天都會糾纏不休，從入學以後就很傷腦筋。」

自從食堂那件事直到今天，亞邁傑只要見我和緹亞莉絲一起，縱使不會出聲攀談，也會以充滿憎惡的神色狠瞪我。真希望他能察覺這麼做反而會把緹亞莉絲推得更遠。

「亞邁傑同學嗎……他骨子裡是努力又認真的孩子，不過一牽扯到緹亞莉絲，就會變得看不清眼前情況了。」

「但是由於他率先對我展現那種情感，因此沒有遇到更多令人傷腦筋的事情，就這點也要感謝他。」

再怎麼樣，亞邁傑也是「起始四家」之一，埃亞迪爾家的嫡子。縱使有人對我有意見，他不僅以視線代為訴說，況且入學早早就進行模擬戰，因此大家也閉嘴了。不過那種情況也只維持到今天為止。

「今天的模擬戰一定能改變亞邁傑同學喔，畢竟他沒有弱小到看不清自己與對手力量的差距。」

「我衷心期盼會是如此。」

倘若借用師傅的說法，要在此時放棄還是勤奮修練，將大幅左右亞邁傑身為魔術師的未來吧？要說站在是否能成為肩負國家的男人的分水嶺也不為過。由我來說也太狂妄了。比起這種事，更令人在意的是——

「話說回來，艾瑪克蘿芙老師也會對其他學生做這種事情嗎？」

「嗯？這種事情是指什麼？」

「把學生找來醫務室，詢問對方是否有煩惱。」

疑惑且不解偏頭的艾瑪克蘿芙老師讓我內心錯愕地說明後，她終於了解，敲了手心後如此說道：

「啊，這麼一說盧克斯同學是第一個被我找來的新生喔。畢竟你受到校長認可，是睽違十年的特別生，然而卻史無前例地受到沒有合適班級的判定，很令人擔憂喔。」

艾瑪克蘿芙老師浮現笑容說明，然而眼神動搖，聲音彷彿帶著哀愁般的情緒。

「我還在當學生時，由於可使用治癒魔術的理由，被身邊的人用有色眼光看待，過得挺辛苦呢。所以無法不管有著類似境遇的你呀。」

治癒魔術是先天的才能，神明賜予的能力。假如與生俱來擁有這股力量，就沒有成為魔術師以外的道路可走，過去師傅曾說明過。

「我想羅伊德老師已經說明過，魔術師的世界是實力主義也是血統主義喔。與『起始四家』有關的一族尤其如此。雖然也有像是約雷納斯家這種例外啦。」

「是啊……雖然期間不長，不過約雷納斯家的大家都對出身不明的我很友善。」

「不過啊，盧克斯同學，儘管令人哀傷，其他三家可不是這樣喔。況且縱使只是課程中的模擬戰，今天你還是打贏埃亞迪爾家的嫡子亞邁傑同學了。而且還是拿下壓倒性的勝利。」

「……也就是說，以後『起始四家』說不定會想處置我而展開行動，老師是這個意思嗎？」

「由於校長擋了下來，現在不會立刻遭遇來自校外的壓力，只不過希望你把這件事記在腦中。」

艾瑪克蘿芙老師補充「終究只是可能發生啦」，嘴角帶著笑意往下說：

「另外見證那場戰鬥後，也不曉得其他學生們會用什麼眼光看待盧克斯同學。所以如果你有任何煩惱，一定要找我或班導羅伊德老師商量，不可以獨自承擔喔？」

我心想，是這麼令人擔憂的情況嗎？但反過來說，不可以繼續讓緹亞莉絲有多餘的擔心。

「……我知道了，感謝老師忠告。如果有個萬一，就拜託了。」

「嗯，很好！那就聊到這裡，你可以回教室囉。要好好上課喔！」

我不認為這句話該由唆使人翹課的當事人口中說出來，不過艾瑪克蘿芙老師也有她的想法，於是我行過禮以後，便離開醫務室。

「真希望能早點遇見你。」

彷彿聽見哀嘆的聲音從門的另一側傳來。

＊＊＊＊＊

「哎呀——盧克斯，今天還真是辛苦的一天呢！」

「……如果你這麼想，就別露出無謂的爽朗笑容搭著我肩膀啦，雷歐？」

漫長的一天課程終於結束了。我現在非常想立刻回到宿舍休息，卻被前座的雷歐纏上了。

「別那麼冷淡嘛，摯友，來享受放學後的時光吧！」

「抱歉，容我拒絕。你也知道今天發生太多事，我累了。讓我回宿舍睡覺啦。」

雖然艾瑪克蘿芙老師擔憂我在與亞邁傑的模擬戰中獲勝，是否會因此惹禍上身，不過返回教室以後正好相反。我受到興奮的同班同學們大肆歡迎與祝賀。

「喂喂，明明是今天的主角，那樣太不夠意思啦！大家都很想聽你聊聊自己耶！」

雷歐極為不滿地噘嘴說道，同班同學們聽聞，都表示同意般沉默點頭。說真的，饒了我吧。

「緹亞莉絲大概已經告訴你們很多事情了，我還有必要說嗎？」

「是沒錯，但是我們還有很多事想問你啊！」

「原來如此……雷歐尼達斯同學的意思是，只聽過我說明很不滿嗎？」

面對緹亞莉絲蘊含怒氣的笑容，雷歐不禁「噫」地發出微弱的慘叫聲，往後一躍。

「包含盧克斯待在醫務室的期間，我已經盡可能詳細地說明過自己知道的事了吧？你的意思是那樣還不夠嗎？」

在我和艾瑪克蘿芙老師談話的期間，緹亞莉絲臉頰泛紅，興奮地向同班同學說明關於我的事情，這是露比蒂雅苦笑著告訴我的。

「緹、緹亞莉絲同學的說明非常充分喔？只不過我果然還是很在意盧克斯的魔術資質啦！」

「我也對盧克斯的魔術資質充滿興趣。今天的模擬戰，你用的土、雷、風屬性的魔法都很精彩。」

露比蒂雅同意雷歐的問題，教室裡無言的同意視線聚集在我身上。唯獨緹亞莉絲浮現有如吞下黃蓮般複雜的表情。

「自己的魔術資質為何，我是最想知道的喔。唉，只要詢問校長，或許就能了解一些事吧……」

「也對呢。不了解自己的事情令人坐立難安呢。盧克斯，抱歉追問你多餘的事。就是這樣，各位同學。聊到這裡差不多該解散了吧。可以進行自主鍛鍊、自主學習。也可

以回到宿舍休息。請自由運用放學時間吧。」

露比蒂雅浮現沉痛的神色說道後，冷靜下來的同班同學們便拿起書包，陸續離開教室了。

「呼……終於冷靜下來了。」

「謝謝妳，露比蒂雅。多虧妳幫大忙了。」

「小事一樁。應該說是我們不好——比起這種事情，盧克斯。有件事一直令我很在意，您打算一直用露比蒂雅這種疏遠的稱呼到什麼時候？請親暱地叫我露比吧。」

露比蒂雅浮現溫和的微笑，輕輕握住我的手說道，這讓我的心臟怦怦跳。出奇不意說這種話，太令人措手不及了吧？

「……知道了，那麼以後就讓我叫妳露比吧。」

「呵呵，這麼坦率很好。那麼我也差不多該告辭了。看見今天盧克斯的模擬戰，實在靜不下心來。緹亞，妳也來陪我。」

「為什麼要把我牽扯進去？想鍛鍊請一個人做。我接下來還有重要的事情要和盧克斯聊聊——請不要我把拉走啊！」

露比緊緊抓著一副有話想說的緹亞莉絲的後頸，不由分說地把人拖走，直接離開教室。留下來的我與雷歐，只能愣愣地目送她們離開的背影。

「那兩人的感情真的很好耶。」

「你有時候會露出這種溫吞的地方，我並不討厭喔。」

雷歐以錯愕的模樣說道，揹起書包。

「那麼盧克斯，我也要走了。抱歉，那樣追問你。回宿舍好好休息吧。有機會要和我交手喔。」

「好，了解了。到時候我不會手下留情喔。」

「那當然！」雷歐留下爽朗的笑容後，想追上緹亞莉絲等人而快步離開教室。等我回神，教室裡只剩下我一個人了。

其實我也應該和三人一起致力於魔術的自主鍛鍊吧？不過只要前往許多學生聚集的修練場，也包含模擬戰的事情在內，我會面臨奇異的目光，這件事情顯而易見。

「唉……返回宿舍以後稍微睡一下吧。」

不過這個決定是錯誤的，一到晚上我就後悔了。

＊＊＊＊＊

「喂——盧克斯，你醒著嗎？」

伴隨兩、三次反覆敲門聲，門的另一邊有人呼喚名字，於是我睜開眼睛。使喚昏沉的頭腦與沉重的身體，從床鋪上爬起來。

「嗯，我醒著。怎麼了，雷歐？」

「還問我怎麼了。你以為現在幾點了？早就過了用餐時間，你卻沒來食堂，我很擔心所以來叫醒你啊。」

聽雷歐一說，我望向時鐘，早就經過晚餐時間了。

「難道你回到宿舍以後就睡到現在嗎？」

「……抱歉啊，雷歐。很遺憾，就是這樣。」

雷歐傻眼地說：「真假？」直到返回宿舍躺到床上為止，我還有印象，不過沒有接下來的記憶。就算模擬戰讓人疲憊，還是第一次睡得這麼沉。

「也有這種日子啦。對了，我把晚餐拿來，你去澡堂洗個澡怎麼樣？」

我穿著制服入睡，確實比平時流了更多汗，襯衫緊貼著背部，總覺得不太舒服。

「那我就聽話這麼做吧。謝啦，雷歐。」

「小事一樁！來，你趕緊過去，洗一身舒服的澡！」

即使莫名地被催促，令人感受些微不對勁，但我也拿著毛巾走向大浴場。

「唉……現在師傅人在哪裡，又在做什麼呢？」

我在無人且寧靜的更衣間，邊脫衣服邊喃喃自語。師傅失蹤以後過了十幾天。畢竟那個人強得要命，大概不會死在路邊，但令人擔心債務是否會增加。

「重逢以後，絕對要他把關於我的力量所知的事情通通說出口。順便也要揍他揍到消氣為止。」

我思考著這種無聊事，清洗身體後走進浴池內。雖然獨自泡澡感覺太寬敞了，不過能把腳伸直放鬆也令人感激。我與師傅生活的家也有浴缸，可是很狹窄呢。

「唉……今天也好累喔。」

「……咦？」

門「喀啦喀啦」打開，耳熟的聲音響徹浴場內。我想說服自己的耳朵這是幻聽，不過也響起「啪噠啪噠」踩踏地面聲，因此膽戰心驚地轉頭望去。希望只是我多心了。

「真是的，露比腦袋裝肌肉的地方也真令人傷腦筋。明明朝她的腦髓打下去了，為什麼還能泰然自若地反擊啊？」

入侵者摻雜錯愕的嘆息，讓我忍不住在內心吐槽，那樣是否能用腦袋裝肌肉形容。唉，看在一般人的眼中，魔術師這種生物肯定就像個怪物吧？

「話說回來，為什麼露比那麼喋喋不休地要我先過來呢？若是平時，她肯定搶著第一個洗澡的……」

原來如此。這名入侵者也被朋友催促了。這麼一來這場相逢並非偶然，當成必然比較好吧？

離開浴場以後，得制裁主謀才行。只不過前提是能順利度過這個場面啊。

「不過偶爾在無人的浴池裡泡澡也不賴呢。乾脆來游個泳吧！」

「不對，緹亞莉絲，我覺得在浴池裡游泳不太好喔？」

「為什麼呢？我覺得偶爾找回童心也不錯呢？乾脆盧克斯也一起在浴池裡打水吧？話說為什麼盧克斯會在這裡啦！」

入侵者緹亞莉絲慌張地發出慘叫。她說要在浴池裡游泳，這種不像她作風的態度，我忍不住吐槽了。另外與其大吃一驚，倘若可行，希望妳快點離開啊。

在浴場的照明與從窗外隱約射入的月光照射下，緹亞莉絲的身影美麗到甚至讓我忘了呼吸。

有如溶解於天空發出璀璨光輝的星星以後織成的銀沙秀髮，在蒸氣影響下微微泛紅而帶著光澤的頸子，即使用浴巾包覆也顯而易見，歷經每一天鍛鍊的優美肢體，水嫩又有彈性，不知汙穢的白瓷般肌膚。甚至同時蘊含清純與豔麗的豐滿雙丘，讓我即使曉得恬不知恥，也移不開目光。

構成緹亞莉絲．約雷納斯的一切，就算用是神明創造的藝術品形容也不為過。我由衷這麼想著。

「盧、盧克斯……請不要那麼專注地盯著我看，太難為情了……」

「——唔！對、對不起！」

緹亞莉絲用浴巾遮住身體，害臊地以微弱的聲音這麼一說，我便慌張地別過臉。甚至把肩膀也泡在浴池內，死命安撫跳個不停的心臟，卻因為那烙印於眼底的裸體，讓我心跳無止盡地變快了。

「那個……盧克斯。」

「什、什麼？有何貴幹，緹亞莉絲同學？」

突然被搭話，這次換我慘叫出聲。這樣實在丟人，不過與師傅留下債務後消失無蹤時是不同光譜上的動搖。見我如此慌張，緹亞莉絲輕笑出聲。

「欸，盧克斯，我可以和你一起泡澡嗎？」

「緹亞莉絲同學？妳剛才說了什麼？」

「該、該說是倘若沒有這種機會，就無法加深情誼嗎？還是說對於了解彼此，坦誠相見是最好的做法……！」

緹亞莉絲未曾如此混亂，奇妙的話語一一脫口而出。我沒有轉頭望去，不曉得她現在是什麼表現，但現在她的臉肯定有如蘋果般通紅吧。

「啊啊，討厭！要說我到底想說什麼呢！就是想和盧克斯更友好！具體而言，不要那麼疏遠地叫我緹亞莉絲，希望你直接叫我緹亞啦！」

「…………什麼？」

緹亞莉絲拚了命的請求在大浴場中迴盪，但我的頭腦一片混亂。不由得轉頭想開口問，而她豈止整張臉，連脖子都紅通通的，有如鬧彆扭般的鼓起腮幫子持續主張。

「你都願意稱呼露比蒂雅為露比了，卻還是稱呼我為緹亞莉絲，那樣太不公平了！歸根究柢，縱使時間不長，我和盧克斯可是擁有在同一個屋簷下生活的情誼，也向同一個人學武，真要講就是同伴！既然如此，親暱地叫我緹亞也沒關係吧？」

「我完全搞不懂到底如何演變成這種話題的。」

「簡單來說，就是只有露比那樣太狡猾了！人家明明先認識盧克斯……梵貝爾先生把盧克斯託付的對象明明是我……」

緹亞莉絲的氣勢不知跑到何處，沮喪地垂頭。情緒不穩定也有限度啊。當我煩惱該如何處理這種情況時，緹亞莉絲舀起熱水清洗身體後走進浴池，直接在我身旁坐下。

雖然我碰到她的肩膀發出不成聲的慘叫，但緹亞莉絲絲毫不把我的反應放在心上，露出懷念的神色開始說道：

「盧克斯的事情是梵貝爾先生告訴我的，聽說和我同年紀，擁有凌駕於自己的戰技與魔術的才能，即使輸給自己卻還算是個花美男——他說了好多事情給我聽。因此老實說，我一直好期待認識盧克斯的日子來臨。」

經她這麼一說，初次見面當時她也提過類似的話。話說笨蛋師傅不要在奇妙的地方吹噓啦。

「拚命揮劍、嘔心瀝血地學會魔術。他也曉得讓你做的修行很亂來。不過梵貝爾先生曾經悲傷地說過：『不希望那傢伙變成像我這種人。』」

我實在說不出「為什麼突然說出這種話」。應該說師傅會那樣對緹亞莉絲訴說，令我大吃一驚。他在我面前分明沒露出悲傷的神色過啊。

「所以我與盧克斯相遇當時十分開心，要隱藏情緒真的很辛苦。」

緹亞莉絲如此說道，輕笑出聲。雖然絲毫看不出是這麼回事。在賽爾布斯先生一行人面前，她威風凜凜的舉止十分出色。

「接下來我們一起進入學園，即使一波三折也就讀同一個班級。一同勤學向上，即便住在宿舍，也算是在同一個屋簷下共同生活。所以差不多該直接稱呼我為緹亞也沒關係吧？」

「嗯，到途中都還好，最後那句話很破壞氣氛耶？」

「可是……我明明比起露比認識盧克斯的時間還久，她和你這麼親近好不甘心……接著雷歐尼達斯同學就說：『我有個好點子。』」

這麼一來，主謀就昭然若揭了。之後要問個仔細。話說回來，緹亞莉絲或許沒有察覺，露比肯定也參了一腳。不這麼做，不可能營造出我與緹亞莉絲在男女各自分開的大浴場私下相處的情況。

「我絲毫沒有料到會和盧克斯一起泡澡呢。不過因此曉得盧克斯意外地悶騷，也算是個收穫。」

「不要說我悶騷啦。說到底，當然是緹亞突然只圍著浴巾出現，才讓我心跳加快，移不開視線啊……」

現在光是像這樣肩並肩泡澡，心臟都快從口中跳出來了。一臉平靜的緹亞才奇怪。

「別看我這樣，我也因出乎意料的事態心臟怦怦跳啊！但是剛才也說過，為了與盧克斯縮短心靈上的距離，讓你叫我緹亞，只有這種辦法了——咦？盧克斯？你剛才說了什麼？」

緹亞睜圓眼睛詢問。明明是妳要我這樣叫的，反應也太薄弱了吧？

「什麼啊，露出一臉愕然的神色。妳果然不喜歡我用緹亞稱呼嗎？」

「不、不是的！我只是嚇了一大跳而已！話說展開突襲太卑鄙了！該說是要再稍微注意情境、營造氣氛……請多少顧慮一下少女心啦！」

緹亞看似欣喜，又有些表露不滿地鼓起腮幫子把臉湊進。由於泡在熱水中，她臉頰紅潤，額頭到胸前都布滿汗水，莫名有種香豔感。

「抱、抱歉，師傅沒有教過我這種事，所以不太清楚。話說如果妳能稍微離開一點就幫大忙了……都不曉得視線要看向哪裡。」

「呵呵，如果盧克斯希望……也可以讓你看喔？」

察覺到我的視線了嗎？緹亞以舌頭舔著嘴唇，稍微拉開浴巾的胸前，將隱藏在其深處的果實上方隱約展現給我看。

「緹、緹亞……妳在想什麼……？」

突如其來的事態讓我頭腦陷入混亂，一片空白。然而緹亞絲毫沒在顧慮我的心情，將手貼在我的胸前，以濕潤的雙眼望向我。

「我一開始就說過了吧？『坦』承相見是加深情誼中最好的方法。雖然難為情，如果是盧克斯，我也願意展現一切——」

「緹亞，繼續下去不太好……」

「——開玩笑的！假如我這麼做，別說加深情誼，我不就只是個好色女人了嗎——好痛！」

我在內心吐槽「已經一腳踏入好色女人的領域了」便朝著她的頭不留情地揮下手刀後離開浴池。

「盧克斯，你不泡澡了嗎？我們再多聊一會兒啦！」

緹亞討好的聲音讓人一時動搖，不過我把內心化為厲鬼，離開浴場。老實說還想和她多相處一陣子，然而還有事情要處理。

「雷歐……絕不原諒你。」

之後無須多言，返回房間的我用魔力強化過的拳頭朝著賊笑等待我的朋友的頭重重打下去。

幕間　蠢蠢欲動的黑暗

太陽西沉，月亮散發詭異光芒的深夜。隸屬拉斯貝特王國魔術師團的兩名年輕魔術師於王都的街上巡邏。

最近在王都，狙擊魔術師的襲擊事件連續發生，已經出現三名犧牲者。因此現在為了逮捕凶手，實施非常時期的警戒狀態。

關於凶手，目前了解的情況不多。理由是被害者全都慘遭殺害，以及犯行都選在深夜的巡邏任務中下手，因此沒有目擊者。

其中曉得的，是從現場留下的魔力殘渣判斷出凶手是雷屬性魔術的高手。另外從遺體被長槍般的物體貫穿心臟，以及沒有其他明顯外傷的情況推測，被害人來不及反擊，一擊就被打倒了。也就是說凶手是個高手。

「前輩……你覺得今晚凶手會現身嗎？」

「不曉得，只不過如果凶手不現身就無法逮捕，那樣也很困擾。」

以顫抖的聲音詢問的新手魔術師，讓前輩魔術師——其名為崔維斯——以蘊含怒氣的聲音回答。

由於組織的夥伴接二連三遭受殺害，加上其中還有他入隊時很照顧自己的恩人，因此對於這種狀況讓他怒不可遏。

「倘若可行，我想把凶手大卸八塊，無論凶手是誰都會親手逮捕他。那是我唯一能對已故的恩人報恩的方法。」

「前輩……」

「你也要幫忙，當然是指有遇到的情況——」

「——晚安，拉斯貝特魔術師團的兩位先生。在這種深夜外出散步，也太不小心了吧？」

背後突然有人搭話，兩人慌忙轉頭。

背後的空間扭曲搖晃，有個帶著詭異笑容的男人現身了。男人的脖子到臉頰都刻著雷電般的刺青，手中握有一把散發不祥氣息的長槍。

「你、你是——？」

「最近殺害拉斯貝特魔術師團魔術師的凶手就是你吧！」

「如果是的話，小子要怎麼樣？逮捕我嗎？還是說要報復夥伴被殺害而殺了我？」

「身為拉斯貝特魔術師團我們要逮捕你！沒錯吧，前輩！」

向可靠的前輩魔術師崔維斯搭話，卻罕見地沒有回應。他的臉甚至毫無血色，身體也微微顫抖。不尋常的反應，讓新人魔術師也心生不安。

「怎、怎麼了，崔維斯前輩？難不成你知道那個人是誰嗎？」

「他、他是雷禍的魔術師——戴夫南特．庫克雷因……！」

崔維斯總算擠出話語，然而其聲音卻因恐懼而顫抖。凶手見狀浮現滿意的表情。

「哦……明明很年輕，還挺博學多聞的。我也變有名了呢。」

如此說道的凶手戴夫南特．庫克雷因笑了。出現超乎想像的凶惡犯人，讓崔維斯渾身戰慄。

戴夫南特．庫克雷因——只要是為了錢便不擇手段的人，無關乎是否為魔術師，只要接下委託就願意殺人，是個澈頭澈尾的邪門歪道。不過他的實力貨真價實，驅使雷屬性的魔術與長槍術確實貫穿心臟，讓他有了外號「雷禍的魔術師」。

「不只拉斯貝特王國，被全大陸通緝的男人為什麼……？」

「你問那種事嗎？當然是為了錢啊。話雖如此我也想找拉斯貝特魔術師團打一場，這次也是有個人興趣在，以低價接下委託了。」

戴夫南特這麼說，再次笑了。

連沒有詢問的事情也輕易地開口說明，證明他對自己的力量有無可動搖的自信。崔維斯忍住咂嘴的衝動，拚命思索突破這種狀況的方法。

就算是二對一，對手可是足以和王國最高戰力【亞樹爾騎士】的魔術師抗衡的高手。即使兩人聯手戰鬥，肯定也會敗北。那麼自己應該做的事情就是——

「我來爭取時間，你現在立刻離開這裡。」

「崔維斯前輩！你在說什麼——！」

「不要反駁！即使尋常地戰鬥，我們倆也只會徒勞地死去罷了，你不明白嗎！」

崔維斯的言語中帶著不容反駁的壓力，斥責愚昧的新人。要死，自己一個人死就夠了。應該優先的是凶手為雷禍的魔術師，以及有人委託他的情報傳達給高層。

「我會爭取時間，你要活下去。活下去……幫我報仇。拜託了。」

「崔維斯前輩……我明白了……！」

新人魔術師忍住嗚咽聲，用力點頭。崔維斯見狀滿意了，用盡所有魔力繚繞全身準備戰鬥。那個模樣，讓戴夫南特有如鑑定獵物的獵食者般浮現卑劣的笑容凝視著。

令人感到永恆的寂靜流逝。打破這個緊繃情況的是——

「快跑————！」

崔維斯拔出腰間上的劍吶喊，朝著戴夫南特使出攻擊。新人沒有把可靠的前輩賭上性命爭取時間的景象烙印在眼底，盡全力離開這個場所。

「哎呀哎呀……抱持赴死的覺悟攻過來是沒有關係，不過真希望你可以努力填補這遙不可及的實力差距呢。」

戴夫南特也不在乎劍逼近眼前，聳肩嘆了口氣。他那游刃有餘的態度讓崔維斯的怒火一口氣達到最高點，使出的猛烈一閃，是他生涯中最快速且銳利的一擊。

「——太慢了。致命地慢。」

不過那一擊劃過虛空，取而代之的是崔維斯的胸口傳來劇痛。在察覺那是被戴夫南特輕鬆刺出的長槍貫穿心臟的疼痛之前，追擊的雷擊已傳遍全身，崔維斯斷氣了。

「哦……已經脫離了嗎？確信只要爭取一瞬間的時間，就肯定能逃之夭夭嗎？還挺能幹的嘛！」

戴夫南特吹了聲口哨，稱讚已成為焦黑屍體的崔斯特。拉斯貝特魔術師團還是有可取之處。

「戴夫南特先生，要享樂沒有關係，但是不好好工作我會很困擾的。」

黑夜一陣扭曲，在戴夫南特面前，有個深深戴著帽兜的人物出現了。這個人物便是委託雷禍的魔術師殺害拉斯貝特魔術師團魔術師的人物。

「那樣講太沒道理啦。你不是委託我殺害拉斯貝特魔術師團的四名魔術師嗎？如你所見，這就是第四個人。」

戴夫南特一邊說明，一邊輕輕踢了一腳崔維斯的屍體。戴著帽兜的人物沒有回話，反而聳了聳肩嘆氣。

「收下多少錢就好好地完成工作，就是我的作風啊。況且讓一個人逃跑，也不過是我的情報傳出去罷了。不會讓人查出重要的委託人是誰啦。」

「不愧是在全大陸暗中活躍的邪道魔術師。連這種層面都考慮到了，真吃驚。」

「就算誇獎我，委託費也連一毛錢都不會打折喔？」

「呵呵，我不會這麼不解風情喔。畢竟對於工作好好支付代價是我們的作風啊。」

戴著帽兜的人物走近遺體，慢慢把手向下一揮。崔維斯的頭與身體分開了。那個人緩緩拾起首級。

「這麼一來，一切就準備就緒了。之後只要等待時機來臨即可。要請戴夫南特先生做另一個工作喔。」

「我知道啦。畢竟委託內容就是這樣。應該說以我而言，接下來才是重頭戲。畢竟要與那個男人……梵貝爾．魯拉的兒子打一場啊。」

戴夫南特的嘴有如猙獰的肉食動物般大大扭曲，身體散發與崔維斯等人對峙時並未發出的濃郁殺氣。

「真令人害怕。如果繼續靠近你，似乎會被殺掉，那麼我就先告辭了。改天再通知執行的日子。」

戴帽兜的人物留下「告辭了」便消失在黑暗中離開了。戴夫南特目送他的背影離去，哼了一聲呢喃：

「不曉得你們有何打算，不過就讓我好好利用一番吧……『終焉教團』。」

第6話　在王都散步

週末，學校放假。緹亞、露比、雷歐和我四個人為了親眼觀看身經百戰的戰士們的魔術，來到王立鬥技場設置的貴族專用ＶＩＰ席。

附帶一提，提議的人是露比。說到為什麼變成這種情況，是前幾天在圖書室做「魔術技能課」的功課的時候——

「功課的內容是『關於學會魔術的方法之考察』吧。」

「學會魔術，也就是記住詠唱嗎？大家不都是同樣的情況嗎？」

雷歐一手撐著臉頰說道。教科書和圖書室內的魔術師書籍中，記載各屬性的眾多魔術名稱與詠唱內容，就是「發動這種魔術的詠唱是這種內容」。

正如書籍內容所述，只要詠唱就能發動魔術，而只要能發動，就可以說是學會魔術了。不過若只是如此也太省略了。

「我說雷歐，你曾經思考過為什麼進行詠唱就可以發動魔術嗎？」

「……嗯？什麼意思？」

雷歐瞪大眼，不解地歪頭。感覺聽得見他的表情像寫著「你在說什麼」的心之聲。

坐在隔壁的露比饒富興味地瞇細眼睛，緹亞則察覺接下來我想說什麼，浮現笑容。

「馬克老師曾經說過，詠唱為向星星許願、祈禱般的舉動，以改變世界，引發奇蹟吧？只不過這裡提到的『世界』，並非指肉眼可及的世界，實際上指內側，即我們本身擁有的世界。」

「我們本身的世界？那什麼意思？」

「我想想喔，簡單來說……雷歐曾經歷過，即使詠唱記住的咒文，魔術也沒有發動的經驗嗎？」

「啊，那當然有啊！話說大家都有過吧？」

「我也曾經遇過喔。不過在反覆練習之中，不知不覺變得能用魔術了……難道那就是改變自己本身的世界嗎？」

雷歐點頭同意，但是頭上又浮現問號，而露比看來察覺我想表達的意思了。

「就是這樣。也就是說詠唱並非只是單純文字的羅列，而是『這種魔術是這種現象』改變自己內在常識的暗示。因此馬克先生補充說明過：『詠唱也是補充所發動魔術的想像。』」

舉例而言，空無一物的地方產生風，形成子彈朝著對手射擊的魔術。

歸根究柢，常識中風是無形的。首先要改變常識，把風壓縮成子彈的形狀固定後，朝向敵人高速射擊。命中的瞬間，讓子彈產生衝擊波以增加傷害的魔術，透過詠唱想像對自己施加暗示。

如此一來發動的，就是在模擬戰中亞邁傑施展的「疾風．子彈」風屬性的第二階梯魔術。

「因此學習魔術時重要的是並非只有記住詠唱，而是妥善理解想學會的魔術是何種現象，對世界造成何種影響。」

緹亞接著我的話說明。既然我們有同一個師傅，果然聽說過同樣的講解吧？我與緹亞四目相交，不禁浮現微笑。

師傅表示，直到第四階梯為止的詠唱大多是箭矢、劍盾等容易想像的現象，要如何釋放——比如說「有如驟雨」——也淺顯易懂，容易理解。不過更高階的魔術就不是這樣了。

「第五階梯以上的魔術難以學會，這就是原因。詠唱的內容有女神之淚或者月光下等抽象且不定形的咒文，因此難以做魔術的想像，也無法施加自我暗示。」

「……原來如此，意思是光只是記得詠唱，無法學會第五階梯以上的魔術嗎？馬克老師曾說那是才能的世界，也說得通了。」

雷歐一邊說一邊大大嘆了口氣。會使用高階梯的魔術，與評價息息相關，但不見得肯定會變強大。不過現在的雷歐應該聽不進去吧？

「盧克斯的意思是無論何種魔術，只要能理解，在自己內心穩固想像，倘若是第五階梯以上的魔術也能學會。如此理解正確嗎？」

「要補充這是從師傅那裡聽說的，不過妳的理解沒有問題喔。」

「只不過最主要的問題是，平時根本沒有機會見識到第五階梯以上的魔術呢。」

「縱使在王都開設的【鬥技場】的【王冠】循環賽中也不太有機會親眼瞧見呢。」

賽爾布斯先生曾經說過，也是我曾出場過的魔術師彼此合法互相廝殺的鬥技場。其中水準最高的循環賽就是【王冠】。縱使沒機會看見高階梯的魔術，觀賞一流魔術戰就能學到不少。我也和師傅一起觀戰過幾次比賽。雖然那是非法的比賽啦。

「歸根究柢，就算親眼瞧見也不曉得發生什麼事啊。就連盧克斯所用的第四階梯魔術，我也是勉強跟上的。」

雷歐無力地趴在桌上。他那悲嘆且整個失去自信心的模樣，不曉得該如何安慰，就在我與緹亞煩惱的時候——

「在著手之前就哭著說喪氣話，實在太沒用了。機會正好，後天的假日就去【鬥技場】觀賞比賽吧。緹亞與盧克斯都有空吧？」

「當然有空。盧克斯也有空吧？我們一起去【鬥技場】，之後就轉換心情在王都散步吧。雖然拖了這麼久，就由我來帶你參觀。」

來到王都以後已經過了將近一個月，不過忙著念書以及與緹亞鍛鍊，還不曾好好參觀過一趟王都，確實是個好機會。而且我也想觀賞最高水準的魔術師彼此的戰鬥。

「是啊……磨磨蹭蹭也不會改變任何事。好，我也一起去吧。就親眼瞧瞧知名的王都鬥技場的比賽水準！」

「情緒轉換得這麼快是件好事。那麼後天早上十點在國立鬥技場集合，沒問題吧？我會負起責任拿到各位的入場券。」

在國立鬥技場觀賞魔術師彼此的戰鬥，因此當然需要入場券，但比賽在男女老少之間都大受歡迎，因此應該難以買到票。不過這種時候就要行使維尼艾拉家的權力嗎？還真是狡猾呢。

「那麼今天就討論到這裡，大家解散吧。盧克斯，感謝你寶貴的說明。我覺得加深對於魔術的理解了。」

「有幫上妳就太好了。很期待後天去【鬥技場】看比賽喔。」

「呵呵，我會安排特等席，請好好期待吧。那麼各位，再會了。」

VIP席是個包廂，從觀眾席獨立而出，透過玻璃窗將整個鬥技場一覽無遺。設置的桌椅一看就曉得是高級品，能在觀賞比賽的同時用餐。這麼奢華，似乎能一整天都待在這裡。

只有被選上的人才能進入的房間內，緹亞及露比啜飲著果汁觀賞鬥技場的比賽，相反的，雷歐就像個剛出生的小鹿一樣瑟瑟發抖。

「我、我說盧克斯，為什麼我們會在這種舒適的空間，優雅地觀賞比賽呢？」

「……雷歐，差不多該放棄，接受現實了。」

我一邊搖頭，一邊啜飲緹亞隨侍的女僕希露艾拉小姐準備的果汁。以柑橘類的水果製作而成，味道非常濃郁，喝下後竟十分爽口，讓人似乎能喝下好幾杯。

「哎呀，兩位對我粉身碎骨準備的這間特等席有何不滿？尤其是雷歐。這也是為了你準備的座位喔？然而你從剛才卻一直心不在焉！就算是溫柔敦厚的我，忍耐也有是限度的喔？」

「我不覺得溫柔敦厚的人會突如其然罵人耶！說到底，我和露比蒂雅及緹亞莉絲不同，不習慣待在這種場所啦！話說盧克斯為什麼能處之泰然啊！」

雷歐踏著地面大喊：「這樣肯定很奇怪！」老實說，由於我暫時待在約雷納斯的宅邸度過一段時日，也不禁習慣這種豪華的房間了。

「另外由於極其自然地融入這裡，我差點忘了，為什麼這裡有名美女女僕呢？請問妳是哪位？」

站在雷歐視線前方的人，就是侍奉約雷納斯家的專屬女僕希露艾拉小姐。

「她是希露艾拉・皮烏斯。我的專屬女僕。我明明交代她不用跟來也無所謂，卻不聽我的話……」

緹亞以刻意的舉動嘆了口氣並聳肩，把站著不動待命的希露艾拉小姐介紹給雷歐。

早上離家時，希露艾拉小姐以理所當然的態度跟著我們過來。當時如緹亞所言曾爭執不休，結果最後由緹亞妥協了。希露艾拉小姐優雅地行過禮，打聲招呼後，朝向隨口介紹的主人如此開口：

「照顧緹亞莉絲大人就是我的工作。既然您要外出，我當然會隨侍在側。請不要搶走我的工作。」

「明明是我要外出，隨侍在側並非理所當然，也不包含在工作內！真是的，請不要一直把我當成小孩子看待。」

緹亞鼓起臉頰，鬧彆扭似的表示。由於長年間相處，因此對希露艾拉小姐而言，緹亞一直都是個可愛的妹妹吧？

「我會在外面待命，如果有事儘管隨時吩咐。那麼先離開了。」

希露艾拉小姐再次鞠躬以後，靜靜地走出房間。緹亞難為情地用手遮住臉，露比似乎浮現羨慕的表情，雷歐則表情呆滯地凝視著希露艾拉小姐離開的那扇門。

「哎呀哎呀。看你那種表情，難不成……對那位女僕一見鍾情了吧？」

「沒、沒這回事啦！妳突然在說什麼啦！」

露比一問，雷歐便霎時面紅耳赤地回答。不過他的聲音在顫抖，視線游移，顯而易見地大為動搖。

「呵呵，原來如此。雷歐尼達斯同學喜歡的是希露艾拉小姐那種女性呢。」

「所以說不是那樣啦！快點來看比賽吧，來看比賽！『王冠』的循環賽差不多要開始了！」

雷歐強硬地改變話題，粗魯地邊說邊指向鬥技場。已經進行過幾場比賽，而那些比賽只不過是為了即將開始、立於頂點的魔術師們的激鬥而炒熱氣氛的前戲。

『聚集於會場的各位觀眾，讓大家久等了！今天的重點賽事——王冠循環賽的比賽即將開始！』

這段廣播，讓觀眾們的情緒一口氣達到最高點。不過緊接而來的發表，讓興奮轉變為驚愕。

『今天的比賽行程有所變更！史上最年輕加入我們拉斯貝特王國引以為傲的【亞樹

爾騎士】的卡蓮．弗爾修將閃電參戰！』

瞬間陷入寂靜之後，響徹有如大幅搖晃整個鬥技場的盛大歡呼聲。在這間包廂內也同樣如此。

「喂喂喂，真假！我原本不抱期望，【亞榭爾騎士】真的要出場比賽嗎？」

雷歐手扶額頭驚訝地叫喊，緹亞和露比以銳利的視線投向踩著悠然的腳步進入鬥技場的女性。原來如此，她就是以前緹亞說過的年輕天才嗎？

話說回來，還真沒料到隸屬【亞榭爾騎士】的魔術師會參加【鬥技場】的比賽。難不成很閒嗎？

「竟然能親眼瞧見史上最年輕被【亞榭爾騎士】選上的天才魔術師的實力，這是千載難逢的好機會。」

「對手——好像是塔魯塔魯加．萊諾賽。記得他是用地屬性魔術的高手吧？」

從卡蓮小姐的另一側走進鬥技場的，是比她高大兩倍以上的強壯男人。

擁有凶惡的容貌，加上擔在肩膀上的戰斧，與其說是個魔術師，給人的印象更像是橫行戰場的傭兵。只不過既然能在只允許最強大的魔術師參賽的【王冠】循環賽出場，他肯定擁有身為魔術師相應的實力。

「如緹亞莉絲所說，對手塔魯塔魯加選手是地屬性魔術的高手。與他的外表不同，動作十分敏捷，有如暴風般的戰鬥方式是特徵，是以肌肉應戰的魔術師。」

「嘿，是嗎？話說雷歐還挺清楚的。」

「那當然囉！在『王冠』循環賽戰鬥也是我的夢想之一！會出場的魔術師名字與魔術資質，我大概都記住了！」

雷歐露出得意的神情說明，有如孩童般雙眼發亮，將炙熱的視線投向鬥技場。

『那麼，卡蓮．弗爾修對塔魯塔魯加．萊諾賽的比賽即將開始！』

在盛大的歡呼聲中，美女與野獸一邊視線交錯一邊緩緩地站到規定的位置上。雙方的霸氣甚至傳到包廂內。而且其性質截然不同，一方是靜謐的清流，另一方則有如猙獰的肉食動物。

觀眾們嚥下口水屏息，接著——

『比賽————開始！』

響起了開戰的信號。

＊＊＊＊＊

「哎呀……話說回來，剛才的比賽實在太驚人了。魄力十足到令人不覺得同為魔術師耶。」

「同意雷歐尼達斯的想法。卡蓮．弗爾修……怪不得她被【亞樹爾騎士】選上。」

我們移動到咖啡廳享用午餐，雷歐與露比熱烈地討論剛才觀看的比賽感想。比賽就是如此驚人。歸根究柢，是否適合用比賽形容也很可疑。

「盧克斯，卡蓮小姐的魔術十分美麗呢。」

「是啊，還是第一次看見那麼美麗的魔術。」

卡蓮．弗爾修的魔術資質是火與冰兩種。將一切燃燒殆盡的業火之炎，以及將一切為之凍結、絕對零度的冰。相反的兩種屬性所產生的多彩魔術，用壓倒群雄形容足矣。

「對手塔魯塔魯加其實是個很厲害的魔術師喔？不過這次的對手太難搞了。」

雷歐一邊飲用一起點餐，加了滿滿砂糖的咖啡，一邊同情地說道。他如此說明，也讓露比頻頻點頭。

「塔魯塔魯某某擅長的戰鬥方式是並用魔術與戰斧的形式，不過這次的對手確實難纏。縱使能使出多麼強大的一擊，無法接近對手就沒有意思了。」

「畢竟專注防守就竭盡全力了。身為同樣擁有地屬性的資質，那樣太沒道理啦。」

露比也同意垂下肩膀嘆氣的雷歐。比賽就是如此一面倒，大部分觀眾都從途中忘記歡呼，只是著迷地看著卡蓮這名新銳的天才魔術師接二連三使出的魔術。

「不用往心裡去喔。畢竟對方可是站在第一線的最強魔術師部隊的一分子，而我們還是學生啊。」

「盧克斯，我沒有消沉，沒事的。不如說對方強大到甚至不會消沉啊。我會用自己的作法精進的。」

雷歐豎起大拇指笑了。看來今天來觀賞比賽，對他是很好的刺激。

「對了，露比。我換個話題，這間店難不成和羅伊德老師有什麼關係嗎？」

我詢問露比一直很在意的事情。

「啊，我也很在意耶。畢竟店名就叫洛雷亞姆嘛！難道這裡是羅伊德老師的雙親經營的店舖嗎？」

「正確答案。如雷歐所說，這間咖啡廳的老闆就是羅伊德老師的雙親，被評為王都屈指可數的名店喔！」

「果然是這樣嗎？這麼一看就更了解羅伊德老師了。明明沒有血統上的累積，卻成為王立魔術學園的教師。」

「──各位同學，要聊我的事情無妨，不過請多少注意一下音量。會給其他客人添麻煩的。」

後方傳來耳熟能詳的聲音於是我們轉頭一看，話題中的羅伊德老師一臉錯愕地站在那裡。

「連假日都聚在一起，大家的感情還真好。今天上街做什麼？」

「我們來看【鬥技場】的比賽。然後【亞樹爾騎士】的卡蓮小姐偶然出場，令人大吃一驚。」

「哦……今天卡蓮．弗爾修在【鬥技場】參賽了嗎？結果──看到你們的表情就一目了然。看來那個失控女孩的實力又提升了。」

聽見緹亞回答，羅伊德老師從口袋掏出香菸，一邊點火一邊緬懷過去似的說道。

「聽說卡蓮．弗爾修原本是羅伊德老師的學生。請問她還在念書時就很強大嗎？」

「沒有，正好相反。入學時的她不過是一般的魔術師。不如說可歸類於吊車尾的類型。我現在還記得，她在火與冰相剋屬性的處理上非常辛苦喔。」

露比提問，羅伊德老師苦笑地回答。其內容讓我們大受衝擊。那麼強大的人竟然曾經是個吊車尾？

「不過她十分勤勉，甚至到憨直的地步。無論如何遭受周圍的人嘲笑，無論我們老師多麼擔心，她每天都嘔心瀝血地鍛鍊到很晚的時間。結果，畢業時成為學園中最優秀的魔術師，以史上最年輕的年紀被挑選為【亞樹爾騎士】。」

「那還……真厲害呢。」

我忍不住呢喃。即使身為吊車尾被人看不起，也不放棄自己，直到擁有能加入王國最強魔術師部隊的能力，到底累積了多少的鍛鍊？

「如盧克斯所說，她是很厲害的孩子，但我不打算要你們仿效。應該說如果做了同樣的鍛鍊，確實會崩潰。」

「那一位的鍛鍊那麼辛苦嗎……不過倘若沒有做到那種地步，就不會被選為【亞樹

爾騎士】吧？」

露比罕見地吐出消極的話，羅伊德老師搖頭說：

「不是的，不見得如此。任何事情質與量的平衡都很重要。卡蓮靠著拚死拚活的鍛鍊彌補自己笨拙的缺點，但你們不需要做到這種地步。就才能這一點而言，你們大家絲毫不比卡蓮遜色，之後只剩下要如何琢磨了。」

羅伊德老師如此表示，嘴角帶著笑意靜靜吐出煙霧。

「況且各位同學入學以後，也不過經過一個月。用不著太緊繃，可以放輕鬆點。」

說完後，羅伊德老師離去時拍了拍雷歐的肩膀，便離開我們的座位，直接走出咖啡廳了。

＊＊＊＊＊

我們離開咖啡廳以後，直接在王都散步。

來到婦女服飾店。店內客人幾乎都是女性，從可愛的商品到成熟的衣服一應俱全，在學園內經常起爭執的緹亞與露比，也只在這種時候締結休戰協定，安靜地挑選衣服。

「我說，盧克斯。反正女生買東西都會花很長的時間，我們要不要去別間店看看？話說快走吧。」

雷歐握住我的肩膀，以誠懇的表情向我訴說。確實如他所暗示的，兩個男生待在充斥女性的商店裡，不合時宜也要有限度啊。因此我沉默地點頭，打算與雷歐一起離開這間店，然而——

「欸，盧克斯，我有事情想和你商量，可以過來一下嗎？」

被緹亞拉住袖子，逃跑以失敗告終。我低頭道歉，雷歐便張大嘴，露出絕望的表情揮手。

「我要鄭重強調，我絲毫不了解時尚喔？」

「沒問題，請告訴我盧克斯坦率的想法就好。」

邊說邊露出微笑的緹亞手中拿著一件白底花朵圖案，長裙款式的簡潔風格洋裝。

「我個人覺得這件洋裝挺可愛的，盧克斯覺得怎麼樣？可愛嗎？」

如此說道的緹亞拉開洋裝，在自己的身體前比較。有如浮現於夜空中星星般的美麗銀沙長髮，與白色洋裝十分相襯。成熟且帶著清純感，與可愛花紋的設計也很別緻。歸根究柢，怎麼可能有不適合緹亞的衣服呢？我老實地說出感想。

「該怎麼說……我覺得很適合妳喔。只能想到陳腐的形容，不過緹亞穿上肯定會很可愛。」

話語自然而然地從口中說出，連自己都覺得不可思議。不過當我意識到說出口的瞬間，便難為情到臉都要噴火了。只不過被問衣服的感想，我在鬼扯什麼啊？

「是、是嗎？可愛嗎？既然盧克斯都這麼說了，就買這一件吧……」

不過緹亞也和我同樣面紅耳赤，扭動身體仰望著我。

「這一件洋裝很適合客人喔。如果方便，要不要試穿看看呢？」

「好、好的，請讓我試穿。盧克斯，請稍微等我一下喔。」

緹亞留下這句話，便和店員一起走到店內深處了。在緹亞返回之前都閒得沒事做，話雖如此，雷歐也不見蹤影。難道他真的逃之夭夭了嗎？

「問妳喔，露比蒂雅。妳看見剛才兩人的互動了嗎？那到底是什麼情況？我們到底看了什麼？」

「硬要講的話，就是青春的一頁風景呢！更重要的是，剛才的互動讓我確信了。原本就在懷疑了，不過盧克斯果然是個花花公子呢。」

「哈哈，沒有錯。他竟然會一臉平靜地說出『很適合妳，穿上肯定很可愛』這種話就算天地翻轉過來，我也說不出口啊。」

「不對，那不是該挺起胸膛說的話吧？」

「我說你們……」

太糟糕了。我轉頭一看，由衷感到錯愕地聳肩的雷歐與露比就站在身後。從談話內容來看，他們目擊了整個過程。

「我絲毫沒料到你們會那麼毫無顧慮地打情罵俏耶。你和緹亞莉絲之間真的沒有什麼嗎？」

「我很久以前就覺得可疑了，快點老實招供，盧克斯和緹亞是什麼關係呢？」

「就算問我們是什麼關係，也不是特別的關係……」

「久等了，盧克斯！」

當我認真思索該如何回答時，結束試穿的緹亞回來了。

她身穿白色洋裝的模樣，讓我看得著迷，連呼吸都忘了。雷歐也同樣如此，連露比也發出感嘆的嘆息聲。

現在的緹亞正是繪畫中楚楚可憐的清純少女本身，她那害臊的模樣擁有筆墨難以形容的破壞力。

「怎、怎麼樣？適合我嗎？」

緹亞以不安的表情詢問。

「……嗯，十分適合妳。」

剛才也好，現在也罷，我都想不出更合適的形容，陷入自我厭惡，不過在女神面前多話反而不解風情吧？

「欸嘿嘿，謝謝你。那我要買這件衣服，請稍等一下。」

緹亞笑著說道，再次走回店內深處，不過突然想起重要的事情般停下腳步——

「如果要用一句話形容我與盧克斯的關係……我想想喔，就是我單方面心懷憧憬的男生吧？」

「——什麼？」

每一件事情應該都有所謂的表達方式才對。說到憧憬，大概是帶有「梵貝爾．魯拉唯一的徒弟」的意思，但不知情的兩人當然誤會了。

「等一下，啥？那什麼意思啦，盧克斯！」

「緹亞？妳剛才說了什麼？快點說明！」

兩人的叫聲響徹店內，其他客人們狐疑地一齊轉頭望向這裡，不過我現在顧不了那麼多。

「呵呵，接下來等買完東西以後再說吧。」

緹亞浮現豔麗的笑容，留下這句話便回去換衣服了。而留下來的我被迫面對露比與雷歐有如無底沼澤般黯淡的冷淡眼神。好想馬上離開現場。

「喂，盧克斯。那句話到底是什麼意思？你不是說過和緹亞莉絲之間沒什麼嗎？那是在說謊嗎？」

「盧克斯，今天不把話說清楚，就不讓你回去喔，做好心理準備吧。」

「饒了我吧……」

被兩人緊握住肩膀，我頹喪地深深嘆口氣。這麼一來，除了做好準備坦白以外，別無他法了。說到底冷靜下來思考後，我也沒有做壞事啊，因此也不用感到愧疚。

「知道了……如緹亞所說，我會好好說明。不過等她回來以後，換個地方再說明。可以吧？」

剛才的咖啡廳就算了，這種事情可不適合在服飾店裡交談。兩人也能理解，以接受的表情點了點頭。

這樣就先爭取到時間了。之後的事情等緹亞回來以後再思考吧。應該說由她親口說明比較妥當吧？

「讓大家久等了！怎麼了，盧克斯？我才離開一會兒，你好像就變憔悴了？」

緹亞買完東西以後回到我們身邊，擔憂地向我搭話，難道她不曉得自己的言論就是原因嗎？

「好了，玩笑話就先講到這裡，繼續剛才的說明吧。地點……我想想喔。我們移動到中央廣場，找張長椅悠哉地坐著慢慢聊天吧。」

緹亞如此說道，嫣然一笑的模樣有如慈愛滿溢的女神，也像是魅惑異性的小惡魔。

＊＊＊＊

緹亞毫不保留地說明我身上發生的事情。不過內容過於天馬行空，有時雷歐會露出狐疑的眼神，每次我都會開口附和或者代替緹亞說明，過程挺辛苦。附帶一提，露比從途中就傻眼地浮現苦笑。

「——原來如此。總結一下說明，盧克斯的師傅，同樣也是養育的家長梵貝爾・魯拉也教導緹亞魔術與戰技。但是正式承認為徒弟的人只有盧克斯，因此緹亞憧憬他，是

這個意思吧？」

「然後關鍵的梵貝爾先生從約雷納斯家借了鉅款，不過與被強押債務的盧克斯交手後贏過緹亞莉絲，得以免除債務。而關鍵的當事人現在也行蹤不明，是這樣嗎？」

露比與雷歐按著太陽穴感到困惑，總結了緹亞的說明。

「是的，沒有錯。梵貝爾先生教導我許多事情，他是拯救這個國家的大英雄。由於想報答他的恩情，約雷納斯家決定接受他的請求，也決定成為盧克斯的助力。」

緹亞總結這番話，聽完說明的兩人大大嘆氣。

「唉……被譽為王國最強的偉大魔術師竟然是個臭酒鬼，太令人幻滅了。」

「如露比蒂雅所說呢。還真沒想到那個梵貝爾‧魯拉竟然成為留下債務後行蹤不明的那種最差勁的人。幸好約雷納斯家通情達理，假如遇到惡霸，現在盧克斯會遭遇什麼下場……」

如此說道的雷歐拍拍我的肩膀，眼眶泛淚。他那誇張的反應不禁令我苦笑。

「是啊，假如緹亞和約雷納斯家的人沒那麼寬容，我現在就會為了償還債務，在王立鬥技場戰鬥了吧？」

「呵呵，如果是盧克斯，感覺轉眼之間就會打入『王冠』的循環賽呢。」

另外兩人也點頭肯定緹亞的話。賽爾布斯先生也對我說過類似的話，不過那個世界可沒那麼好混啊。

對於觀眾而言，劇烈的戰鬥是一種娛樂，然而對實際戰鬥的魔術師們而言，無庸置疑是賭上性命的死鬥。在這之中朝著頂點戰鬥，可說是修羅之道。

「我保證不會把這些事情說出去，雷歐尼達斯也一樣吧？」

「那當然。這種事情也不能對外張揚啊。露比蒂雅就算了，假如由我說：『其實梵貝爾．魯拉嗜酒成性、愛好賭博，是留下債務後行蹤不明的大混帳。』也不會有人相信啦。」

「倘若當事人盧克斯不在這裡，這些事情可疑到無法置信啊。」

兩人如此表示，苦笑地聳肩。

「來，太陽也下山了，差不多該解散了吧。」

緹亞從長椅上起身，挺直背桿。經她這麼一說，原本一望無際的藍天已經染成一片橘紅，時而吹撫的微風也變冷。比預期的還聊得久。

「是啊。明天還有課，今天就到此解散——咦，難道那是……」

露比原本平靜的表情，看見某個景象後隨即蒙上一層陰影。我狐疑地順著她的視線看過去，那裡有一群人身穿把全身覆蓋住的純黑色長袍。其背後有個圖案是遭劍貫穿的龍。左看右看都十分可疑。

「嗚呃，那不是終焉教團一夥人嗎？竟然在王都正中央活動，該說是作風強硬，腦袋根本不正常了。」

「記得之前雷歐曾提過終焉教團吧？」

緹亞對不解歪頭的我說明。

「據說終焉教團是拉斯貝特王國建國以前就已存在的宗教團體，全世界都有信徒。他們的教義是建立魔術師和非魔術師之間毫無差別、平等的世界……」

緹亞支支吾吾，露比則接著說明下去。

「我想盧克斯也曉得，歸根究柢魔術師與非魔術師之間並不存在歧視。約雷納斯、維尼艾拉等代表拉斯貝特王國的貴族確實都是魔術師的家系。然而相對的也背負著守護國家，進一步來說就是世界和平的責任。」

「非魔術師的人們，都在發展國家所需的營造業、餐飲業和鋼鐵業等等場所扶持國家。正因為有那些人，現在我們才能過著這種生活。」

「然而終焉教團的信徒們開口閉口都在提倡平等，根本不了解情況。為什麼他們會是那種思想呢……」

雷歐說道，傻眼地聳肩。由於三個人做了三種說明，我理解那個長袍集團多麼可疑了，不過還有一個疑問。

「他們在王都活動會有什麼問題嗎？」

就我看來，從三人的口吻和表情可察覺，與無法接受終焉教團的教義，或者感到傻眼等等截然不同的情感——就像一種厭惡感。

「——盧克斯，那是因為終焉教團是一群無可救藥的團體喔。」

從背後傳來了對於我問題的回答。那道聲音已經一再從課堂上聽過，耳熟能詳。轉頭一看，眼前的是——

「請不要突然出聲叫住人，艾瑪克蘿芙老師。話說老師怎麼會在這裡？」

在拉斯貝特王立魔術學園負責「魔術歷史課」的艾瑪克蘿芙·烏爾葛斯頓老師。

「哎呀，沒禮貌。老師在假日也想自由地出門玩樂啊？而且每天都被使喚，偶爾不像這樣放鬆一下，壓力會累積，教人幹不下去啦！」

艾瑪克蘿芙老師鼓起臉頰踩踏地面，怒火表露無遺。這個人的情況，與其說由於會用罕見的回復魔術而被當作貴重人才，不如說被澈底當作勞力壓榨才正確也說不定。

「唉，這種事情先別管。我來繼續說明，緹亞莉絲同學等人會一臉厭惡，是因為他們曉得終焉教團的真面目喔。」

「真面目？」

「就像硬幣分為表與裡，教團也分為對外與私底下的面貌。私底下的面貌是誘拐、暗殺重要人士，奴隸交易和恐怖攻擊等非法活動喔。對於拉斯貝特魔術師團極其礙眼，對於拉斯貝特王國是建國以來的仇敵。」

「原來如此，所以雷歐才說終焉教團是萬惡根源……」

「就是這麼回事。因此終焉教團不會選在這種引人注目的場所活動才對。因為只要在檯面上活動，只會讓拉斯貝特魔術師團認為是否在盤算做壞事，被盯上罷了。」

雷歐接在艾瑪克蘿芙老師之後說明。師傅不曾告訴我有如此危險的組織存在。取而代之的是，他交代我要擁有無論面對何種對手、陷入何種狀況，都要親手將重要的人守護到底的力量。

「不管怎麼說，我建議不要接近終焉教團。謳歌平等的傢伙沒一個正經的。」

艾瑪克蘿芙老師不屑的口吻讓我們大吃一驚。但老師不在乎我們的動搖繼續說明：

「平等的社會聽起來很美好吧？不過正因為在不平等的世界相互競爭，人、世界才會逐漸進化啊。假如變成人人平等的世界，世界只會停滯並緩慢地迎向破滅罷了。」

正因為身為歷史的專家，艾瑪克蘿芙老師的話才沉重。然而我不禁覺得，其中也夾帶著近似憎惡、無底的負面情感。

「既然不去正視那種未來，他們的主張不過只是天真的戲言。不是常有道，天下沒有白吃的午餐嗎？終焉教團正是典型喔。」

艾瑪克蘿芙老師繼續說：「然而令人悲哀的是自十六年前『巴斯克維爾大災害』之後，教團信徒人數逐漸增加。」

理由非常單純。由於魔物們的侵略，貧富差距愈來愈大。王國當然也對遭受莫大被害的人們祭出補償，即使如此也無法填補鴻溝。另外對於在近處親眼見到大批魔物蹂躪的人們而言，那正是「世界的終焉」。因此他們需要心靈的依靠。

「就是這樣，請格外小心終焉教團。唉，你們才不會被他們的甜言蜜語欺騙，我是不怎麼擔心啦。」

艾瑪克蘿芙老師如此說著聳肩時，原本瀰漫的陰沉也消散似的恢復笑容。原本緊繃的氣氛也舒緩下來，我們也喘了口氣。

「那麼我就先告辭了。大家也要注意別超過門禁時間囉。」

艾瑪克蘿芙老師說聲拜拜以後，揮著手離開我們身邊。這個人好匆促啊。

「唉……好不容易度過開心的一天，在最後一刻卻搞砸了呢。今天就先回去吧？」

「雖然還想繼續玩，最好先回去呢。儘管留下一些疙瘩，有些不愉快。」

露比咬緊嘴唇，打從心底不甘心地說道。緹亞則以開朗的笑容開口安慰她。

「最後確實有些可惜，不過以後還有很多這種玩耍的機會。露比，別沮喪了。」

正如露比所說，儘管最後留下一些疙瘩，不過就我個人而言是第一次和朋友外出玩樂，非常開心的一天。況且如緹亞所說，學園生活才剛開始，像這樣玩耍的機會以後要多少有多少。

「是啊！那麼下次休假就趕緊來雪恥吧！你們三個都要把行程空下來喔！」

「喂喂，怎麼自作主張決定了？」

雷歐錯愕地對早早振作的露比吐槽。雖然兩人追問我與緹亞的關係，他們這麼有默契也是半斤八兩。看在不了解情況的人眼中，肯定會誤會吧？

當我思考如果兩人聽見似乎會震怒時，忽地感受到一旁緹亞的視線。轉頭望去，她浮現安心的表情凝視著我。

「緹亞，怎麼了？」

「呵呵，沒什麼，只是看見盧克斯還挺開心的，覺得很高興罷了。以後也要度過許多開心的時光喔，盧克斯！」

「嗯……是啊。」

緹亞滿面笑容地說道，而我點頭。只要每天待在身旁看見那種表情，光是如此我就滿足了吧。她的笑容洋溢著慈愛，甚至令我湧出這種想法。

然後緊接著，震撼整個王都的咆哮聲瓦解了我們平穩的日常生活。

第7話　王都，燃燒

四匹黑色毛皮的大狼突然出現於王都。我們目擊到，便遵從拉斯貝特王立魔術學園「非常時期時排除緊急狀況，盡可能迅速在學園集合」的規則行動。

「好，所有人都到齊了吧？」

大狼約莫在十分鐘前出現。儘管還在假日，東班的教室裡所有同班同學到齊了。只不過立於講台上的羅伊德老師的表情與白天見面時相比，宛如另一個人般險惡。

「如各位同學所知，剛才在王都有四個地方出現了危險度A級別的獵狼王。」

就像魔術用階梯分級，魔物也會因應危險度用級別區分。

附帶一提所謂魔物是存在於大自然的生物透過魔力產生異變的存在。與一般動物不同，變得凶暴，肉體的強度及智能也提升了。況且也由於壽命變長，據說也有魔物持續沐浴在大量魔力下，變得可以對話。

「說到危險度A級別，記得是熟練的魔術師也難以單獨討伐的等級吧？」

「雷歐尼達斯說得沒錯。竟然同時出現四隻如此危險的魔物，可說是前所未見的重大事件。」

「況且令人在意的是，看來不只是一般的A級別。羅伊德老師，難道出現的獵狼王的力量——」

「如緹亞莉絲同學所說。出現的獵狼王從外表及魔力量推測，極可能是變異種。根據校長判斷，或許擁有S級別的能力。」

聽見S級別的瞬間教室一片寧靜，每個人都屏息，浮現驚愕的表情。除了一部分強者，幾乎不可能單獨討伐。必須組成一個小隊應戰，在現存的魔物之中是最高級別的危險度。

「喂喂，別開玩笑了。S級別的魔物竟然出現了四隻，根本就是惡夢啊……」

雷歐口中發出乾笑聲，連總是積極的露比及緹亞也浮現沉重的表情緊咬嘴唇，沉默不語。肯定是建國以來罕見的危機，但我有件事想問清楚。

「羅伊德老師，出現在王都的四匹獵狼王現在在做什麼呢？」

「沒有，報告指出那四匹自從現身以後直到現在，都沒有顯眼的行動，只不過待在王都內不動罷了。」

「……很詭異呢。」

羅伊德老師也同意我的呢喃。緹亞與露比也察覺情況的不自然之處，不過大多同班同學都不解地歪頭，雷歐也是其中一人。

「欸，盧克斯，那話是什麼意思？為什麼獵狼王沒有動靜會很詭異？」

「魔物會突然出現在王都內的理由，肯定是有人召喚出來的。這麼一來，目的大概是破壞王都。然而獵狼王卻只是按兵不動……怎麼想都不自然吧？」

也就是說這件事情很詭異，看不透敵人的思考。假設目的是破壞王都，我們現在可無法悠哉地待在教室裡討論。應該會賭上性命應戰，或者協助居民們避難才對。

「敵人的目的依舊不明朗……剛才王國已下令出動軍隊處理這種狀況了。雖然反應有點慢，還算及格吧。」

羅伊德老師不屑地說道。縱使敵人的目的再怎麼不明確，面對眼前的災害，分明有阻止的方法卻袖手旁觀可是下下策。

「原來如此，我大概明白了。既然有強大的魔物出現在王都四個地方，也需要許多人手引導避難吧？」

「露比蒂雅說得沒錯。出動軍隊的同時，國家也委託我等拉斯貝特王立魔術學園協助這次的討伐任務。話雖如此，輪不到你們出場。」

聽聞此話，沒有人問「為什麼」。理所當然。我們進入學園以後只經過一個月。要真正上戰場面對強大魔物還太早了。

「不過也有工作要給你們。包含你們在內的一年級生都要負責這座學園的防衛。」

羅伊德老師表示，在校長領頭的教師陣容負責掩護拉斯貝特魔術師團。二年級與三年級學生負責引導王都民眾避難。而我們一年級學生要守護學園，保護前來避難的民眾安全。

「說到我們班級，以緹亞莉絲、露比蒂雅為首，今年的一年級學生大家都很優秀。無須派遣軍隊也能防衛學園，這是校長的判斷。」

羅伊德老師一邊如此說明，一邊斜眼看著我的方向。優秀的學生之中也有我，令人欣喜。這麼一來，我也能像師傅——

「沒時間了，我簡單說明。學園防衛的關鍵是各位同學平時居住的宿舍。機制上是這樣的，在非常時期以位於東西南北的宿舍為起點，校長設置的結界魔術會發動。待王都居民避難結束後，就會讓結界起動吧？因此各位最重要的任務就是死守宿舍。」

「好！既然決定了，大家立刻回到宿舍堅守崗位囉！」

「你真的是個蠢蛋呢，雷歐尼達斯。大家一起回去，效率肯定很差。在這種狀況下應當經常考量最糟糕的情況。」

露比敲了一下雷歐亢奮的頭腦。碰了一鼻子灰的雷歐想開口抱怨，令人遺憾的是，此時露比的說法比較有道理。緹亞就像要補充似的說明：

「雷歐尼達斯同學，雖然守護宿舍最為重要，除此之外還有非做不可的事情。比如說……直到結界發動為止，也能料想這座學園遭受敵人襲擊的可能，因此也必須保衛整個校舍，而倘若結界發動，必然就會演變成守城戰，必須死守儲備倉庫才行。」

「兩人說得沒錯。要妥善分散戰力死守學園。因此我已經分配好各位同學的崗位。沒時間了，我只說明一次，要仔細聽好。」

於是我們的日常生活瓦解，為了迎接不變的明天，拉起了決一死戰的布幕。

＊＊＊＊＊

我負責的崗位並非東班的宿舍，而是西班宿舍的防衛。也就是說一同執行這個任務的是——

「為什麼不同班級的我得和你們一起組隊啊？反正都要合作，能和緹亞莉絲同學在同一隊就好了！」

「別一直糾結啦，亞邁傑。話說明明處在這種狀況，真虧你說得出那種抱怨耶？」

亞邁傑大大嘆口氣，雷歐無奈地聳了聳肩膀。這兩個人從碰面時，一直維持這種情況鬥嘴。與其說感情好到會吵架，感覺更接近緹亞與露比的互動。

「正因為是這種狀況，才要思考開心的事啊。況且事情打從一開始就超出我們能應付的範疇了。用不著太緊繃啊。」

「喂喂，你這樣還算埃亞迪爾家的人嗎？」

亞邁傑輕佻且不負責任的態度，讓雷歐怒火中燒。老實說畢竟是亞邁傑，原本以為他會熱血地說：「我們要守護好學園！」因此他的態度也令我大吃一驚。

「唉……聽好了，雷歐尼達斯・哈瓦。倘若可行，我也想以埃亞迪爾家嫡子的身分親手打倒獵狼王，守護王都啊。但只是一心想要守護是辦不到的。我沒有那種力量。」

雖然他以達觀的口吻訴說，表情與聲音都滲出悔恨。身為四大魔術名門的一分子，或許也在心中深切感受到自己多麼無能為力。

「亞邁傑說得沒錯。任何事情都是適才適所。現在我們能夠做到的，就是保護結界起點的宿舍喔。」

「……是啊。」

我拍了拍不甘心地咬住嘴唇的雷歐肩膀。

「話雖如此，從這個情況看來，幾乎沒有我們出場的餘地啦。」

有如補充亞邁傑的說法，遠方開始傳來爆炸聲。看來軍隊開始出手討伐獵狼王了。

「好了。既然已經開始討伐，之後只要等待即可，乾脆來閒聊一下吧？盧克斯，快點從實招來你和緹亞莉絲同學之間的關係吧？」

「……在這種狀況下，真虧你有興致聊這種事耶。你的膽量是用什麼做的？」

這個男生真的只要一扯到緹亞，就不分時間和場所硬要逼問耶。啞口無言就是指這種情況。

「如果你們是清白的，就應該能說明吧？還是說你和緹亞莉絲同學果然已經……難難難、難不成已經是那種關係了嗎？」

「冷靜點，冷靜下來，亞邁傑。我和緹亞不是你想像的那種關係啦！」

「別說謊了！每天早上從宿舍一起上學，如果說沒有特別的關係，是不可能這麼做的！雷歐尼達斯，你也贊成吧？」

「不要問我這種問題啦！」

原本緊繃的氣氛一口氣舒緩下來，或許亞邁傑是為了讓意氣風發的雷歐放鬆下來，才以他自己的風格顧慮人。雖然大概摻雜著私情無誤。

「對、對了！等我們順利熬過這個情況就告訴你！」

「雷歐，不要擅自決定，話說這種說法不太吉利耶？」

「盧克斯說得沒錯，我有不好的預感。」

「喂喂……兩個人都不要說不吉利的話啦。要是情況變得更糟糕，這個國家真的就完蛋——」

雷歐話還沒說完，眼前的空間突然扭曲晃動，被突然出現的漆黑野獸打斷了。數量超過十隻，中心有個神祕人物身穿以黑暗為形象的長袍站著。

「…………呵呵。」

「「「吼嚕嚕……」」」

「那是……難不成是獵狼嗎？為什麼學園中會出現魔物？」

獵狼有著漆黑的毛皮，健壯的四肢與銳利的獠牙和爪子，是狼形魔物，危險度相當於D——級別連魔術師見習生也能打倒——是出現在王都的四匹獵狼王的低階種。

「冷靜一點，雷歐尼達斯。問題不在獵狼身上，而是那個穿長袍的人。」

「是啊……看來就是他在操控獵狼們，肯定沒錯。而出現在王都的獵狼王也可能是那個人幹的好事。」

我一邊說明，一邊冷靜地拔出掛在腰部的劍。這麼一想，從我入學以後拿過好幾把劍，還是這把劍用得最順手。

「哦……那就是傳聞中的星劍嗎？外型奇特，劍身蘊含驚人的魔力呢。」

星劍——第二次聽到這個詞彙，但沒有餘力分神在意。因為被帽兜遮掩的嘴角浮現猙獰的訕笑。那一刻，周圍的溫度一口氣降低，寒氣爬滿背脊。我很熟悉這種寒意。

「好！既然是這樣，就趕緊驅逐那些狼，逮住那個可惡的帽兜人！那樣事情就解決了！」

「之後還必須問出背景、目的，讓他吐出所有情報呢。」

雷歐的拳頭作響，亞邁傑從懷中掏出短劍擺好架式。雖然對幹勁十足、準備戰鬥的兩人不好意思，不過我制止他們，往前走一步，平靜地舉起劍。

「包含帽兜人在內，由我來對付所有敵人。你們倆就澈底專注防守。」

「欸，盧克斯，再怎麼樣也太亂來了吧？三人聯手戰鬥啦！」

「雷歐尼達斯說得沒錯。我早就知道你多麼強大，但你是否過低評價我們的力量，太過相信自己的力量了？」

雖然兩人同時反對，但我沒把話聽進去，意識只放在眼前的敵人身上，靜靜地舉高雙手握住的愛劍。

「阿斯特萊亞流戰技『天津之朔風』！」

從高處揮下的愛劍釋放被超壓縮的氣壓束，化為能夠吹垮大軍的狂風破城槌，襲向狼群。

密集的狼群受到高密度壓縮的疾風直接命中，四肢被割斷，身體四散，有如遭受神的無形之手橫掃，通通打倒了。

「哈哈哈……盧克斯超強的。威力強大到不像是戰技耶。」

「可惡！和我戰鬥時沒有拿出真本事嗎……！」

背後的雷歐與亞邁傑發出驚訝與不滿的聲音時，我在內心咂嘴。雖然剛才使出的攻擊讓獵狼群灰飛煙滅，成功消滅，但關鍵的神祕帽兜人卻沒有受到傷害。

「我沒有手下留情，沒想到毫髮無傷……」

況且那個人一步也沒有離開現場，別說傷到他，連帽兜都沒有一絲髒汙。就算是師傅，只要對他直接打下去，多少能造成一些擦傷，這麼一想這個對手很詭異。

「不愧是英雄梵貝爾．魯拉的徒弟，那一擊實在出色啊。」

「多謝稱讚。我還是第一次被人稱讚，卻絲毫開心不起來。」

聽見帽兜人名為稱讚的諷刺，我也還以顏色。那人戴著的帽兜施加了妨礙認知的魔術吧？我應該聽過那個聲音，但想不起來。

「很遺憾，我能夠不斷召喚出獵狼，因此打倒再多都沒用。」

帽兜人一彈響指頭，黑霧冉冉升起，才剛打倒的狼群再次出現了。

「喂喂喂，真假啊？這樣很明顯陷入大危機了吧？」

「雷歐尼達斯，沒空讓你慌張了。獵狼是那個可惡的帽兜人召喚出來的。既然如此只要打倒源頭就沒有問題了。盧克斯，你也有同樣想法吧？」

然而我無法立即同意亞邁傑的話。要說原因，帽兜人並非真的只是彈響指頭就發動了召喚魔術。該怎麼做才會讓狼群產生——

「看來你注意到了呢。正如你的推測，召喚這些獵狼的並不是我。召喚這些動物的不是其他人，正是在王都作亂的獵狼王們。」

「原來如此……也就是說校長的預測沒有錯呢！」

雷歐與亞邁傑驚愕地叫喊，我總算壓抑住想咂嘴的衝動。假如那個人的話屬實，危險度整個往上攀升，討伐也會陷入苦戰吧。看來事態比預期的還負面。

「你們倆……不論如何都要守護好結界喔。如果結界被破壞就完──」

當我想說出「完蛋了」的時候，雷鳴聲突如其來轟隆作響。而且聲音的方向是緹亞及露比所在的東宿舍。難不成──

「呵呵呵，看來戴夫南特先生開始工作了呢。那麼我也好好做自己的工作吧。」

上吧。在平靜的聲音所編織的命令下，獵狼們一口氣攻擊過來了。雖然東宿舍的情況也令人在意，首先我得專心對付眼前的敵人。

「大地啊，化為子彈貫穿『大地・子彈』！」

「風啊，化為子彈貫穿『疾風・子彈』！」

雷歐與亞邁傑同時朝著逼近的狼群施放魔術。儘管土與風的子彈能輕易貫穿狼群的身體，把牠們消滅，不過這些魔物缺乏感受恐懼及遲疑的知性。無論多少同伴被打倒，仍會絕對遵守主人的命令。因此狼群不會停止攻擊。

「雷鳴啊，化為長槍傾瀉吧。如驟雨『雷電・槍雨』。」

我手舉向天空，揮下後發動的是雷屬性第四階梯魔術。產生的制裁雷擊朝著狼群與帽兜人傾瀉而下，予以貫穿。

「——『寒冰・聖玫瑰』。」

以清亮的嗓音道出的魔術。帽兜人頭上展開無數透明純白的花瓣，把我的雷擊悉數架開了。

「真假！連盧克斯的魔術也沒用嗎？」

「竟然能無詠唱冰屬性的第四階梯魔術。除了【亞榭爾騎士】以外竟然還有這等高手……」

雷歐大吃一驚，亞邁傑則浮現苦笑。看著那兩人的反應，帽兜人浮現無所畏懼的笑容，第三次讓狼群顯現。

「呵呵。來，接下來要如何出招呢？我還游刃有餘，獵狼們也數量不減。你們還有辦法嗎？」

帽兜人張開雙手展現游刃有餘的態度。面對在戰技之後連魔術也無用武之地的高手，喪失戰意也情有可原。然而很不巧，我沒有脆弱到面對這點程度的挫折就會放棄。

「那當然，勝負現在才要開始——阿斯特萊亞流戰技『天津之朔風』！」

宛如重演剛才的情境，將獵狼橫掃殆盡，不過帽兜人架起寒冰的障壁，因此風沒有造成傷害。不過這樣就好。

「哎呀哎呀……那一招對我沒用，你沒有學會嗎？」

「是啊，所以我會使出有用的招式——阿斯特萊亞流戰技『天灰之熾火』！」

我以近乎神速的速度揮舞帶著深紅光輝的黑劍。灼熱的劍刃輕易劈開帽兜人以銅牆鐵壁為傲的冰牆。

「——！」

帽兜底下傳來驚愕的叫喊，往後方一躍。雖然那人召喚獵狼，我絲毫不在意，展開追擊，確實收拾獵狼。

「繼續攻擊，盧克斯！風啊，化為子彈貫穿『疾風．子彈』！」

「獵狼交給我們收拾，盧克斯攻過去！大地啊，化為子彈貫穿『大地．子彈』！」

可靠的夥伴聲音從背後傳來。我相信兩人，揮下劍。用火的戰技，能突破那人的寒冰防禦。而那也是火屬性魔術有用的證據。此時要展開攻擊。

「火焰啊，化為子彈炸裂『鬼火．子……』」

「呵呵——冰雪啊，染為白世吧。有如無穢的起始『寒冰．始源』。」

帽兜人浮現微笑，有如嘲笑我們終於找到希望，並詠唱前人未到達領域的魔術。這是——大事不妙！

「『鬼火・聖庭園』！」

我停止追擊。退到雷歐等人的身邊，把黑劍插入地面。接著盡可能注入魔力，守護兩人與結界的起點，讓被聖火包覆的庭園顯現，以抵抗極寒的冷冽氣息。

睜開視野時，世界已化為純白。

「騙、騙人……剛才那不是廣範圍壓制型的冰屬性第五階梯魔術嗎……要是直接中招，我們就……」

「沒錯。如果沒有盧克斯的魔術，我們現在已經被凍成人型冰塊了——對了，盧克斯呢？還好吧？」

「……姑且沒事。你們倆……還有結界都沒事嗎？」

「我和亞邁傑，以及結界都受到盧克斯的魔術保護，因此平安無事！更重要的是，你……」

大家都沒事嗎？雖然我在剎那間發動較低階的防禦魔術，多虧屬性相剋，總算撐過去了。代價是我的手腳幾乎失去感覺，身體也無法順利動彈。即使如此，接下來必須重整態勢。

「唉……就算使出分身而不能施展全力，吃到我『寒冰・始源』直接攻擊，竟然還能站著。再加上後方的兩人與結界的起點都毫髮無傷。真是的，不愧是梵貝爾・魯拉的徒弟呢。」

帽兜人嘆氣，誇張地聳肩。話說回來這種語氣，這種魔力，到底在哪裡見過——？

「等一下……剛剛那傢伙是不是提到『分身』？難不成在那裡的是……？」

亞邁傑發出慘叫聲。我聽說冰屬性的魔術之中，有種魔術能產生與自己分毫不差面貌的分身。為了維持分身，不僅要消耗龐大的魔力，除此之外沒有弱點，戰鬥能力也極為接近本人。難不成分身所在之處——

「哦呵呵。不愧是埃亞迪爾家的寵兒。直覺很不錯。正如你的想像，我讓可愛的分身前往你們所珍視的人們身邊囉。」

一彈響指頭的那瞬間，半空中浮現影像。影像中映出的是手持長槍、浮現猙獰笑容的男人，被帽兜深深遮掩住眼睛的人物抱住的緹亞，以及無力倒地的露比。

＊＊＊＊＊

時間回溯到盧克斯等人和帽兜人交戰之前。

被羅伊德老師交付東宿舍防衛的我——緹亞莉絲．約雷納斯——和露比防範未然地負責警備。儘管盧克斯不在身邊令人不安，但我可不能展現難堪的模樣。

「來，緹亞。只是在這裡待著不動也挺浪費時間的，要不要來考察這種狀況呢？」

於是閒來無事的露比唐突地說出這種話。真希望她能更緊張一點。

「妳是指考察召喚獵狼王的人是誰嗎？」

「不是的。關於凶手，緹亞也心裡有數吧？歸根究柢，能犯下這個重大的事件，除了那個組織——終焉教團以外，別無可能。」

終焉教團——在中央廣場進行傳教活動的人們，然而那是檯面上的模樣。就像艾瑪克蘿芙老師對盧克斯說明的，那個組織是與王都引起的重大事件必定有關聯的恐怖活動組織。

「我只跟妳說……其實最近在王都，發生了隸屬軍隊的資深魔術師接連遭受殺害的事件。」

「露比，真的嗎？我沒聽過這種事情喔？」

「因為情報被控管了，緹亞不曉得也情有可原。畢竟我也是前幾天才從父親那裡聽說的。」

對於拉斯貝特王國的居民而言，拉斯貝特魔術師團就是希望本身。倘若那些魔術師接二連三遭受殺害，可是動搖國家的重大事件，只要事件一傳開，人們都會處在不安與恐懼之中吧。

「犯人的目的是什麼？可沒有多少魔術師有那種本事殺害好幾名隸屬軍隊的現任魔術師喔？」

「妳說得沒錯，已經知道凶手是誰了。是戴夫南特．庫克雷因，以雷禍的魔術師聞名天下，貨真價實的邪道。」

「如果妳說得是事實，那麼狀況比預期的還要糟糕呢。沒想到那種大壞蛋會在王都內暗中活躍……」

戴夫南特．庫克雷因，年輕時隸屬拉斯貝特魔術師團，是前途光明、才華洋溢的優秀魔術師。

不過有一天，突然殺害十多名長官、同事、部下以後逃亡了。在那之後他靠只要有報酬，就無關目標是否為魔術師而將其殺害的暗殺維生，成為受到全大陸通緝的邪道魔術師。

「戴夫南特．庫克雷因殺害王國軍的魔術師，同時發生這次獵狼王的召喚事件。有那種能耐鬧出這麼大事件的，就只有終焉教團了。」

「了解妳的意思了。不過沒提到關鍵的動機。妳覺得為什麼教團要做這種事呢？」

「——小姐，那是因為啊，要讓被封印的龍復活，毀滅這個無趣的世界啊。」

回答我問題的人不是摯友。在神不知鬼不覺之間，有個身穿純黑長袍，深深戴著帽兜的人站在眼前。他的手中握著一把從遠處也看得出散發不祥氣息的長槍，其身體散發濃郁的鮮血氣味，洋溢著殺氣。

「你是……什麼人？」

「別那麼見外嘛。我就是小姐們剛才討論得熱烈的那個邪道魔術師喔。」

煩躁地摘下帽兜，露出的男人面孔上刻有閃電般的刺青。雙眼帶著猙獰的光輝，可疑而歪斜的嘴角有如渴望鮮血的野獸。

「難不成是『雷禍的魔術師』戴夫南特．庫克雷因……！為什麼你會在這裡？」

「不愧是約雷納斯與維尼艾拉的千金。年紀輕輕卻是博學多聞。我也變得挺有名氣的啊？」

戴夫南特某某浮現無懼的笑容讚嘆我們，但現在的我們沒有坦率接受稱讚而喜悅的餘裕。

畢竟眼前男人的實力顯而易見凌駕於我們。戰鬥經驗和經歷的鬥爭數量，和我們截然不同。一想到有數不清的魔術師命喪於這個男人手中，勝算就幾乎為零。

「喂喂，別突然不說話啦。說不定這是最後一次聊天囉？再稍微開心點吧？」

「怎麼辦，緹亞？」

戴夫南特聳肩道出玩笑話。我一邊注視他的每一個動作，一邊和露比交談。

「……現在他鬆懈了，是好機會。一口氣攻過去吧！」

「了解，那由我先出招。」

「作戰會議結束了嗎？看誰要先上吧！」

戴夫南特不改游刃有餘的笑容，默默看著我們交談，接著拿好長槍往前一踏，挑釁我們。

面對這個情況，我靜靜地拔出掛在腰部的純白之劍，對準他的眼睛，露比則邊吐氣邊舉起拳頭，微微蹲低。

在緊繃的氣氛之中，三人之間瀰漫著寂靜。打破寂靜的人——

「我要上了！」

露比緊握雙拳，一個踏地衝向戴夫南特。她的速度快到連歷經諸多鬥爭的戴夫南特也睜大了眼睛，但是——

「速度雖快但是太直來直往了，大小姐！」

縱使再快速，也是一口氣筆直地往前衝。戴夫南特朝著行進方向舉起長槍，便能輕易迎擊。

「風啊，化為劍雨貫穿敵人『疾風・劍雨』。」

我詠唱魔術以掩護摯友。選擇施展廣範圍型的風魔術。

無數個深綠色的小型魔法陣浮現於空中，大量的劍從魔法陣出現，如驟雨般降下。

如同一滴雨無法弄濕身體，但一場豪雨便一眨眼就能浸濕全身，每一把風劍的殺傷力並不強大，然而遭受大量攻擊便會造成致命傷。

「才剛開打就施展會波及同伴的魔術，還挺能打的嘛！」

戴夫南特一邊躲避落下的風劍，一邊讚嘆地叫喊。出身良好的大小姐第一招就使出自爆的特攻，就算是身經百戰的猛者也出乎意料。

「不對。你的認知不正確喔。」

露比嘴角浮現無懼的笑意，沒有減低速度，於劍雨中急速奔馳。轉眼之間便拉近距離，露比來到戴夫南特身體下方，將凝聚於拳頭的魔力解放，咆哮大喊：

「維尼艾拉流戰技『烈火升龍』！」

以壓倒性的戰力制裁邪惡，是維尼艾拉的作風。在身體力行層面達到最高傑作的露比，使出右手拳頭燃燒著深紅的火焰，快速往上一揮。戴夫南特判斷來不及躲避，水平舉起長槍想擋下攻擊。

「太天真了！」

「——唔！」

露比以足以在地面踩出坑洞般的力道用力一踏，輕易架開戴夫南特的防守，朝著上方的身體順勢產生空檔的軀幹施展追擊。

「維尼艾拉流戰技『龍火崩擊』！」

被火焰纏繞的左手一拳，擊中戴夫南特毫無防備的腹部。擁有結實身體的男人被重重打飛，撞入周圍的倉庫，發出轟隆聲響倒下了。

「露比，怎麼樣？」

我一問，露比稍微呼了口氣以後——

「確實擊中了，但不可以大意。如果這點水準就能打倒他，那個男人早就躺在棺材裡了。」

拳頭肯定擊中了，卻是有如毆打鋼鐵般的觸感。露比分析，在無法跳向後方、躲避衝擊的狀況之中，恐怕戴夫南特把魔力集中於腹部強化了。即使如此，應該充分造成了傷害……

「真是的……太大意了。沒想到會吃上一拳。看來我有點誤判小姐們的實力了。」

戴夫南特一邊喀喀地弄響脖子，一邊以些微帶著怒氣的聲音從瓦礫之中踩著悠哉的步伐走出來。

「看來……並沒有毫髮無傷吧？」

露比額頭流下冷汗，以顫抖的聲音擠出話語。吃到那一拳還一副平靜的戴夫南特，讓我也感到戰慄。

「當然囉。就算立刻用魔力防禦，也狠狠被那一拳擊中耶？再怎麼防禦也不可能毫髮無傷啦。前提是我沒帶著這玩意兒啦。」

戴夫南特這麼說，從口袋掏出上頭繪製了魔法陣的一個木牌。而且那個木牌還悽慘地碎裂，隨即化為木屑崩解了。

「唉……原本是想和梵貝爾的兒子戰鬥時使用，才花了大把銀子準備，卻用在這種地方。大意真的不好呢。」

戴夫南特邊聳肩邊自嘲。不過他的身體散發的殺氣愈來愈濃烈，嘴角的笑意也消失了。那是邪道魔術師認真起來的證據。

「緹亞，難道那個男人持有的木牌是……」

「恐怕是刻有魔術的魔導具。我也是第一次看見，但確實只有會用治癒種類的魔術師才能製作的罕見物品。沒想到他竟然連那種東西都準備了……出乎意料。」

我忍不住於內心咂嘴。在剛才的攻擊中把他打倒是理想情況，如果辦不到，多少造成傷害也能壓制對方，沒想到他卻用一個魔導具就顛覆局勢。況且既然對手認真起來，剛才那種奇招就沒用了。

「看來出乎意料是彼此彼此。好了，閒聊就到此為止，開始第二回合吧。可別鬆懈囉？就算只分神個一秒——」

「露比，快躲開！」

「咦？」

「——會死喔？」

戴夫南特以肉眼跟不上的速度縮短與露比之間的距離，有如回敬剛才那一拳朝她一腳踢下去。露比就像一顆球在地面上撞擊了兩、三次後滾動。不過我沒有餘力擔心她。

「阿斯特萊亞流戰技『天津之旋風（EUTROS）』！」

我讓橫掃一切的暴風纏繞在純白的劍身上，朝著戴夫南特釋放。不過他看見後，別說浮現膽怯的神色，甚至浮現滿面笑容大喊：

「和梵貝爾同樣招式！很好，我就正面接下妳的攻擊！雷帝啊，對吾的長槍施加消滅惡鬼的力量『雷電．長槍』！」

戴夫南特的長槍被金黃色的雷電纏繞，開始發出劈里作響的刺耳聲音。接著朝逼近的狂風，毫不猶豫地揮出魔槍。

剎那間互相抗衡。我釋放的風的一擊，被戴夫南特的一閃從正面貫穿、相消，其槍尖延伸的雷擊甚至襲向我的身體。

「——嗚！」

我在咫尺之間有所反應，揮劍打落雷擊，不過電流透過劍身流至身體，讓我停止動作。戴夫南特沒有天真到會放過這個空檔。他一口氣縮短距離，想收拾我。

「忘記我就傷腦筋了！火焰啊，化為子彈炸裂『鬼火．子彈』！」

即使在地面上滾動，讓漂亮的肌膚受到不少傷害，露比也站了起來，射出火焰子彈。戴夫南特用長槍擋開那些子彈時，我重振態勢，暫且往後方退下。

「露比，謝謝！幫大忙了。」

「用不著道謝，更重要的是現在要集中精神戰鬥喔。」

露比應該吃了沉重的一擊，戰意卻絲毫不減，反而燃起鬥志。不是因為被長槍攻擊，是對於被回敬而踹了一腳一事而憤怒。

「喂喂，真假。我可沒有手下留情，一腳踢飛妳，卻還能一臉沒事的樣子站起來嗎？維尼艾拉的大小姐還挺強壯的嘛！」

「很不巧。把自身的肉體當成武器戰鬥，是我維尼艾拉家的嗜好。我的鍛鍊可沒有軟弱到歷經那種程度的攻擊就會被打倒。想打倒我，就用那把自豪的長槍貫穿我吧。」

「……真敢說，那麼下一招就全力上了！」

「不會有下一招！這次我會打倒你！」

「真是的，露比大笨蛋！不要一個人衝過去——！」

露比與剛才同樣筆直地衝過去，但速度提升了。一個呼吸就縮短距離，有如暴風雨般不斷揮拳猛攻，而戴夫南特也有如跳舞般閃避，用雷槍反擊。

令人眼花撩亂的攻防不斷交替，彼此抗拮。此時就要一口氣展開攻擊，於是我也加入戰線。

我讓純白的劍身發出光芒，化為疾風突刺，露比感受到背後的動靜，霎時理解我的意圖，便暫且離開戴夫南特，空出位置。

「阿斯特萊亞流戰技『天灰之熾火』！」

我大喝一聲，釋放連天空也能燒焦的一擊。儘管那把雷槍用魔力增加強度，如果接下這一擊肯定會應聲斷裂。因此戴夫南特採取的行動是閃避，不過那裡已有個揮出拳頭的千金等著。

「維尼艾拉流戰技『龍火砲擊』！」

露比擋住他的退路，將腰扭轉到極限，使盡揮出帶著深紅色火焰的右拳。

贏了。我與露比同時確信勝利了。

不過勝利沒有到來。

「冰雪啊，凍結『寒冰・結霜』。」

從某處傳來咒文。冰霜在大地上蔓延，我們倆的腳邊到下半身一口氣被冰凍，身體變得無法動彈了。

「太大意了呦，戴夫南特先生。」

帽兜深深遮住面孔的神祕人物踩著悠然的腳步，不知何時出現在我們面前。

「被暗算了。沒想到還有援手……」

「身體完全動不了……！不像是第二階梯魔術的威力。」

有利的狀況不僅遭到翻轉，加上還被封住行動，一口氣逼到絕境了。況且來支援的是相當老練的魔術師。但不可以在這裡放棄。我讓所有魔力環繞全身，嘗試逃離冰凍。

「——嘖，區區分身卻在有趣的地方打消別人的興致。還是說，難道委託人覺得我會輸給這兩位大小姐嗎？」

「哎呀，這可真是失禮了。畢竟我交給你的替身護符也消耗了，況且還被夾擊，原本以為陷入危機……我太心急了嗎？」

「哼。那點小狀況才不叫做危機。而且無法解決那種小狀況，還能自稱雷禍的魔術師嗎？稍微信任我啊。」

「呵呵。也是呢。戴夫南特先生是過去曾與最強的魔術師兼使用戰技的強者梵貝爾·魯拉戰鬥以後還存活下來的高手呢。就算同時對付約雷納斯與維尼艾拉的才女，也不會被將一軍。」

戴夫南特沒有隱藏對說著：「這可失禮了。」恭敬地低頭的帽兜人不滿，咂嘴道：

「特地施展分身，有何貴幹？計畫不是綁走約雷納斯的大小姐以後再會合嗎？」

「狀況經常發生變化。召喚的獵狼王即將被王國軍打倒。我想在有點難纏的援軍來到這裡前，進入計畫的最終階段。」

帽兜人一邊說明，一邊把視線投向緹亞莉絲。緹亞莉絲心想，縱使看不見面孔，聲音卻透漏著邪惡的笑意。

「就是這麼回事，戴夫南特先生。請盡速拘束緹亞莉絲・約雷納斯。把她當作誘餌讓盧克斯・魯拉上鉤。」

「什麼？為什麼這種時候提到盧克斯的名字呢？」

我忍不住大喊，但帽兜人只是發出陣陣笑聲，沒有回答。站在一旁的露比視線也變得銳利，而戴夫南特則不把她放在眼中，無奈地把長槍扛在肩上聳了聳肩。

「兩位大小姐，最好記住這件事。這世上……有些事不曉得會比較幸福喔？」

「那是兩碼子事。既然重要的同班同學被盯上了，我更不可能視而不見！」

戴夫南特愉悅地說道，讓露比忍不住怒吼，我則激動地緊握劍大喊。

「我絕對不會把盧克斯交給你們！火焰啊，炸裂『鬼火・爆破』！」

我把梵貝爾先生交給我的劍插到地面上，發動魔術。炸開束縛自己的冰。捨身突圍讓戴夫南特感嘆地吹了聲口哨。

「自己的下半身或許會炸飛耶，還真敢做。那種膽量不像是個學生。妳就那麼想要守護叫做盧克斯的傢伙嗎？難不成盧克斯某某是小姐心儀的對象呢？」

「閉嘴！我只是不想再失去重要的人罷了！」

我激動地把劍舉到最高處後揮下並怒吼。首次見到我氣勢逼人模樣的露比浮現困惑的表情。

「──唔！等之後再思考。得趕緊想辦法處理這些冰。」

狀況已經從東宿舍的防衛，演變成打倒雷禍的魔術師與大概是其委託人的兩個人。而且既然終焉教團的目的是盧克斯，為了守護他，我不能輸。

「阿斯特萊亞流戰技『天津之朔風』！」

纏繞著風暴的純白之劍從最高處往下一揮。暴風在地面上劃出凹痕，橫掃一切，襲向兩個敵人。不過戴夫南特卻動也不動，沉下腰拿起雷槍──

「雷帝啊，以極大的憤怒悉數打倒立於吾眼前的敵人『卜倫提斯』！」

雷槍的尖端釋放巨大的雷擊波與暴風衝突。然而抵抗不住，風於瞬間就被打散，立於眼前的我被那個雷擊波吞噬了。

「盧、盧克斯……對不……起……」

我面對宛如神的憤怒化為的雷擊束手無策，渾身籠罩在雷擊之中，全身失去力氣往前倒下。

「緹亞————！」

脫離冰塊的露比奔馳到身邊抱緊我，但我光是呼吸就竭盡全力，說不出話來。

「不愧是戴夫南特先生。剛才那是第六階梯魔術吧？與魔法十分接近，只在魔術書籍中見過的超高難易度的大魔術。正是十分符合雷禍的魔術師之名的一擊。魔力還有餘力吧？」

「別老是那麼擔心。這點消耗不成問題啦。我還能再打好幾發，也留有其他底牌。更重要的是做好自己的工作如何？」

「哎呀哎呀。我還真是健忘。這也是因為戴夫南特卿的魔術太精彩的緣故呢。」

帽兜人心不在焉的讚賞讓戴夫南特煩躁地咂嘴。帽兜人一邊對他的模樣嗤鼻，一邊把視線投向這裡。露比輕輕把我放在地面上，緩緩站起身。

「我不會把緹亞交出去的。如果無論如何都想擄走她，就先打倒我吧！」

露比說出必死的決心，舉起拳頭，然而帽兜人也不把她當一回事，踩著悠哉的步伐走進。

「……嗚！維尼艾拉流戰技『猛……』。」

「抱歉啊，小姐。妳差不多該睡覺了。」

「……咕啊！」

戴夫南特以雷速接近，用槍柄撞向露比的腹部。露比渾身劇痛，也無法好好呼吸，手指連一根也無法動彈。然而即使如此也不能倒下，便使盡吃奶的力氣朝長槍伸手。

「雷鳴啊，墜落『雷電』。」

被從空中落下的雷擊打中，露比連慘叫聲都沒有發出便失去意識，決心化為空虛，膝蓋癱軟，靜靜地倒下了。

「你絲毫不留情呢。就算是敵人，她們好歹是我的學生喔？請稍微放點水吧。」

「哪有教師會乘人不備地對自己的學生釋放魔術攻擊啊？要說夢話就等睡著再說，邪門歪道。」

「呵呵，被邪道的你這麼咒罵，感覺很不錯呢。」

如此說道的帽兜人笑著走向我。好不甘心。別說站起來了，連一根手指都動不了。

對不起，盧克斯。

＊＊＊＊＊

「緹亞！露比！」

「混帳！你想對緹亞莉絲同學做什麼？」

我和亞邁傑的聲音重疊。雷歐雖然尚未理解狀況，即使啞口無言也依舊支撐著搖搖晃晃的我的肩膀。

「請放心，兩人都還有呼吸，生命沒有危險。只不過，我就帶走緹亞莉絲．約雷納斯了。如果想討回她，就過來王都郊外的廢棄教會。盧克斯一個人過來。就算詢問理由也不會回答，請多包涵。還有……再不離開，棘手的人們就要來了，我先告辭了。」

「等等——嘎咳！」

身體使不上力氣。豈止如此，還從口中吐出鮮血，這情況告訴我如果勉強動彈，性命會有危險。

「就算使用魔力強化，你全身都籠罩在極寒的寒氣之中，受重傷也是必然。假如勉強移動身體…………會死的喔？」

「盧克斯？可惡！『疾風．子彈』！」

帽兜人與出現時同樣讓空間扭曲搖晃，踩著悠哉的步伐走進去。亞邁傑朝著那人的背影連續施放魔術，卻沒有打到人，無數個冰之子彈像是回敬般無聲地飛來。

「——可惡！」

我驅使疼痛的身體推開雷歐與亞邁傑。如果狀況極佳，我明明可以用劍擋開這點小魔術。

「盧克斯？你這個人為什麼……！」

「混帳！別想逃——！」

雷歐焦躁的叫喊與亞邁傑憤怒的咆哮響徹已經無人的戰場。被冰彈擊中的我的部分身體凍成紅黑色，豈止站立，連保持意識都很勉強，根本滿身瘡痍。

一敗塗地。這句話足以形容這場戰鬥，可是——

「緹亞……妳等著，我現在就去救妳……嗚！」

「喂喂喂！盧克斯，你要去哪裡！你該不會想拖著那樣的身體去廢棄教會拯救緹亞莉絲同學吧？」

我只不過是往前踏出一步，身體各處便發出撕裂般的劇痛，鮮血從口中溢出，當場屈膝跪地。

冰彈的傷害沒有肉眼可見的那麼嚴重。應該說與師傅的修行中，我已經習慣這種程度的痛楚。問題在於第五階梯魔術的寒氣。這種痛楚截然不同。就像從骨髓傳出的痛楚擠壓著身體，光只是呼吸就讓身體被擠壓一樣。

「蠢蛋。我曉得你擔心她們倆，不過憑你這種狀態追上去也只會死得不明不白。最好先前往救護室，接受艾瑪克蘿芙老師的治療。」

「雖然不甘心，但雷歐尼達斯說得沒錯。盧克斯，在去幫助緹亞莉絲同學之前，首先要有自覺你受重傷了。」

如此說道的兩人走過來，我也無法繼續回嘴，兩人扶著我的肩膀慢慢地邁步。

「沒想到會受到你的保護……令人不甘心，然而如果沒有你，我現在早就沒命了。所以……那個，謝謝你救了我。」

「哦，這是那種情況嗎？亞邁傑的嬌羞期？明天會下雪吧！」

「嬌、嬌羞期？雷歐尼達斯突然說什麼啦！我只不過是坦率地表達謝意罷了！」

聽著兩側兩人的對話，忍不住浮現苦笑。

受到敵人的魔術攻擊，身負致命性的重傷，況且恩人緹亞還被擄走了。假如師傅看見這種悽慘的模樣，他會有何反應呢？痛罵我沒用？還是說愣住？不對，不是那樣。師傅一定會這麼交代我。

——聽好了，盧克斯。倘若多麼難堪，最後也一定要獲勝。要為自身的無能之處後悔，等獲勝以後再說——

「……謝謝你們，雷歐，亞邁傑。」

——戰鬥尚未結束。

＊＊＊＊＊

遭受身分不明的帽兜人襲擊而負傷的我，被雷歐與亞邁傑帶到救護室。

「——是嗎？緹亞莉絲·約雷納斯落入敵人手中了嗎……」

不過艾瑪克蘿芙老師不在那裡，取而代之的是安卜羅茲校長、羅伊德老師，以及垂頭喪氣、悔恨不已地表情扭曲的露比。

安卜羅茲校長從我這裡聽見帽兜人的說明，和露比在東宿舍發生的所有情況後，便後悔自己的選擇似的垂下肩膀，深深嘆了口氣，羅伊德老師則因為事態的棘手而神色凝重。附帶一提，雷歐與亞邁傑已經回去守衛西宿舍，離開此處了。

「由於我不成熟，才讓緹亞……非常抱歉。」

露比被自己的不成熟苛責的情緒表露無遺，緊咬著嘴唇說道。

在剛才的戰鬥中負傷、失去意識的露比，由於學園散發的異常魔力——恐怕是獵狼們的氣息——感測到的羅伊德老師救了她。

「不用那麼消沉，露比蒂雅同學，應該說妳已經英勇奮戰了。由於妳們驍勇善戰，結界也完好如初，前來避難的王都民眾都平安無事。」

安卜羅茲校長給予沮喪且咬牙切齒的露比最高級的讚賞。身為武鬥派貴族維尼艾拉家的下一任當家，或許難以坦率接受那份讚賞，不過能得知引起這場重大騷動的元凶，可說是意料外的幸運。

「校長說得沒錯，露比蒂雅。妳要為對上那名雷禍的魔術師還能驍勇善戰一事，以及守護王都民眾一事感到自豪。要把那股悔恨當成糧食勤奮鍛鍊，聽見了嗎？」

「……我下次絕對不會輸。」

在羅伊德老師的勉勵下，露比低聲卻帶著堅定的決心回話，終於抬起頭。她的眼中寄宿著一如往常極有她風格的熊熊燃燒的火焰。

「很好！既然露比蒂雅同學打起精神了，就來整理情報吧。」

安卜羅茲校長「啪啪」地拍手，有如要轉換鬆懈的氣氛。看見我們一同點頭以後，校長再次打開話題。

「襲擊犯有兩人。擄走緹亞莉絲同學的是『雷禍的魔術師』戴夫南特．庫克雷因。他是受到通緝、難纏的邪道魔術師。另外在盧克斯等人面前出現的帽兜人是不知名的人物。姓名和性別都不明朗。魔術屬性為冰，是可無詠唱施展第五階梯魔術的高手。這樣沒錯吧？」

聽見校長的整理，我與露比沉默地點頭。擄走緹亞的男人叫做戴夫南特嗎？

「……真是的，有一個雷禍的魔術師就已經夠棘手了……終焉教團人才豐富到羨煞人呢。」

羅伊德老師不屑地說道，安卜羅茲校長則苦笑地點頭。

「終焉教團……？難道他們就是召喚獵狼王，又擄走緹亞的凶手嗎？」

「沒有錯，盧克斯。在王都召喚四隻變異種的獵狼王，擄走緹亞的凶手正是終焉教團。附帶一提，隸屬於拉斯貝特魔術師團的魔術師接二連三遭受戴夫南特・庫克雷因殺害，終焉教團確實也有參與其中。」

「妳還是一樣多嘴，安卜羅茲校長。關於這件事，應該下了封口令了吧？」

羅伊德老師一邊這麼說，一邊按著太陽穴嘆了口氣，安卜羅茲校長不把他的反應當作一回事，繼續往下說：

「然而把兩件事放在一起看待，只要逮捕戴夫南特・庫克雷因與終焉教團的帽兜人，極有可能結束這場愚蠢又瘋狂的鬧劇。那麼回到一開始的話題。關於拯救緹亞莉絲同學──」

「由我去。我去拯救緹亞。」

不曉得原因，不過終焉教團釋放緹亞的條件，就是我獨自過去。雖然沒有任何保證顯示我方遵守約定，她就會平安被釋放，即使如此也只能赴約了。

「冷靜點，盧克斯。你不是在剛才的戰鬥中受重傷了嗎？傷口還沒有治好……」

「羅伊德老師說得沒錯，盧克斯。我明白你會著急、擔心緹亞，可是不可以勉強自己。要是前去救人的你有個萬一，就本末倒置了。」

「如果露比是指傷口，我沒事了。身上的傷已經痊癒，不會再輸了。」

我的回答讓羅伊德老師訝異地睜大雙眼，露比則啞然失聲。

這也無可奈何。師傅說過，我的復原能力超越一般人，只要心臟沒有被貫穿、首級沒有被砍下來，就不會沒命的樣子。如果此話屬實，就只能用怪物形容我了。

「傷口痊癒是萬幸，就算這樣也不能讓你獨自赴約。我也同行。憑你一個人無法打贏『雷禍的魔術師』。」

「啊……抱歉在你這麼有幹勁時說這種話，羅伊德老師，我不能讓你一同前往救援緹亞莉絲同學。」

「……為什麼呢，校長？被擄走的緹亞莉絲‧約雷納斯是我的學生。我這個級任老師有前往救助她的義務。」

羅伊德老師平靜的聲音之中確實蘊含著怒氣，開口抗議，但安卜羅茲校長安撫著急的他，繼續往下說：

「因為縱使獵狼王的威脅已經解除，我們也必須考量終焉教團留有一手的可能性。你擁有的力量足以匹敵【亞槲爾騎士】，是貴重的魔術師人才。就算說你是守護包含學園在內的王都的關鍵，也毫不誇張。我不可能把如此貴重的戰力，撥給一名學生吧？」

「只要打倒擄走緹亞莉絲．約雷納斯的人們就能解決這種事態，不就是您如此說明的嗎？」

「為了防範未然，我想留下戰力。你明白吧，羅伊德。」

由於安卜羅茲校長的語氣平靜，因此說明聽起來也冷酷無比，但其中也摻雜後悔及悲痛的感情。

「可是，校長。既然曉得雷禍的魔術師與真面目不明的魔術師等著，讓盧克斯一個人過去也太有勇無謀了吧？至少多帶一名援軍也好……！」

「容我再次強調，露比蒂雅同學，不能為了拯救一個人的性命而讓大多人的性命暴露在危險之中。」

安卜羅茲校長不容反駁的沉重語氣與散發悲壯感的表情，讓露比跟羅伊德老師只能閉上嘴。

「很好，談得比想像的還久，接下來終於可以進入正題了。」

「……那話是什麼意思？」

「接下來要說的事情，包含陛下在內只有少數人知情呢。我只講一次，通通都聽好了。啊，以防萬一還是提醒一下，可別對外張揚喔？」

安卜羅茲校長態度不變，露出至今最正經的神色。她的樣子讓我忍不住吞下口水，等待下一句話。

「接下來要說明的，盧克斯，正是關於梵貝爾託付給你的星劍。而想把星劍納為己有，正是終焉教團真正的目的。」

「他們想要我的劍？這把劍確實是師傅失蹤前交給我的，有那麼貴重嗎？」

我擁有的黑劍【安德拉斯特】是師傅留下債務逃亡之前，慶祝我學會阿斯特萊亞流所有的戰技而送給我的劍。師傅形容這把劍是「神明鑿碎星星鍛造而成的劍」。

「是嗎……你沒有被告知真相呢……梵託付給你的劍，是距今百年前毀滅的阿斯特萊亞王國的王家流傳下來，最強大且能夠劈開災厄之龍的『星劍』。如同『神明鍛造』所述，是最頂尖的一把劍。」

「……這把劍那麼厲害嗎？師傅把劍送給我時曾說明過，但我以為只是在吹噓。」

對於大吃一驚的我，安卜羅茲校長苦笑地說：「那傢伙還是一樣做事隨便。」繼續說下去。

「阿斯特萊亞王國毀滅時，【安德拉斯特】長年以來下落不明，約至今五十年前，被約雷納斯家上一任當家找到了。在那之後，【安德拉斯特】便由約雷納斯家當作傳家之寶保管。」

聽見這些說明，憶起第一次見到緹亞時，她說的那番話。

——如果我贏了就要回收你手中那把劍——約雷納斯家的傳家之寶——

「也就是說這把劍之前的持有人是緹亞莉絲——約雷納斯家嗎？」

「正是如此。而梵貝爾・魯拉砸下大筆錢，從約雷納斯家買下它託付給你。」

「也就是說師傅欠下大筆債務的原因，難不成就是……」

「就是為了把這把劍託付給你呢。話雖如此這把劍也是約雷納斯家的傳家之寶。原本不管提出多少金額都沒有讓出的意願，不過他似乎把訓練緹亞莉絲當成條件交涉。」

安卜羅茲校長聳了聳肩。曉得這把劍的價值及師傅欠債的原因是很好，不過還沒提到關鍵的事情。

「我曉得盧克斯的劍多麼特別了。難道終焉教團不惜擄走緹亞也想得到的是——」

「不愧是露比蒂雅同學，直覺真不錯。終焉教團真正的目的恐怕是把緹亞莉絲同學當做人質，以交換那把劍。畢竟是神明所鍛造的劍呢。有何種力量沉睡還是未知數，況且如果施展『記憶解放』，也不曉得會發生什麼事。」

校長表示，世人稱為魔槍、聖劍、魔劍等等武器中，都把特別的力量作為記憶封印著，呼喚記憶，在這個世界上重現神蹟的現象就是名為「記憶解放」的招式。

「神在時代的遺物之劍落入他們手中，肯定會被用來做見不得人的事情。那麼盧克斯，聽了這麼多說明以後，你要怎麼做？」

「還能怎麼做，我已經說過了，校長。我會赴約。」

校長試探般的詢問，我立刻回答。無論敵人的目的是什麼都不會改變答案。

「盧克斯，我明白你的心情。但那稱不上是充滿勇氣的行為。只不過是匹夫之勇的愚蠢行動喔？」

「羅伊德老師說得沒錯。我不認為你乖乖遵守要求獨自赴約，他們就會釋放緹亞。請稍微冷靜一點。」

羅伊德老師的話與露比的建議都很有道理。獨自闖入敵人嚴陣以待的場所可說是有勇無謀，就算遵守引起這些重大事件的那夥人要求，他們也顯而易見會違反約定。

然而即使如此我也必須赴約。在師傅失蹤以後，拯救變得孑然一身、孤零零的我，告訴我什麼是溫暖的人就是緹亞。能認識露比、雷歐、亞邁傑等人也是因為有她。那麼這次就輪到我賭上性命拯救她了。

「……安卜羅茲校長，您之前問過我吧？『獲得力量以後，你想追求什麼？』我終於知道答案了。」

「唉……那就讓我聽聽你的答案吧。」

「我不會像師傅那樣說出『拯救所有性命』。不過分明擁有守護他人的力量卻坐視不管，因此讓今天曾碰面的人明天死在路邊，『如果是我可以拯救他』、『不過與我無關』這些話我也說不出口。我做不到如此不負責任的生存方式。」

曾經一度詢問過師傅。

「為什麼不惜賭上性命修行也非得變強不可」。

揮劍揮到手掌的皮都磨破了，施展魔術直到魔力枯竭失去意識為止，做到這種地步也要變強的理由是什麼。

這個問題讓師傅浮現至今未曾見過的正經神色，卻又帶著寂寥的表情如此回答。

——盧克斯，那是為了避免你後悔。為了避免你像我一樣，只能束手無策，眼睜睜看著一切失去……至少拯救觸手可及的人就好。因為希望你能有力量幫助有朝一日相遇的珍視人們——

安卜羅茲校長什麼也沒說，靜靜等待我的話。我深呼吸以後，強而有力地宣言。

「我想守護這雙手能觸及的人，為此使用力量，為了不後悔活著！」

我的說法，讓安卜羅茲校長欣喜地浮現笑容點頭，羅伊德老師也揚起嘴角閉上眼。

「原來如此……很好的回答，盧克斯。既然如此就放手去做吧。我們不會再說服你或阻止你了。」

「……沒關係嗎？」

「當然。而且就像我剛才說的沒有多餘的戰力也是事實呢。雖然擁有最強魔術師、世界唯一的魔法使種種浮誇的頭銜，如此情況實在難堪……緹亞莉絲同學的事情只能交給你了。拜託了，盧克斯。」

校長把手擱在我肩上說道，羅伊德老師和露比儘管垂頭喪氣，看來也接受了。

「盧克斯，我不會再阻止你了，一定要帶著緹亞莉絲回來。」

「我已經聽見……你的決心了，盧克斯。緹亞就拜託你了。」

「謝謝校長。羅伊德老師，露比，我一定會救出緹亞，把她帶回來，請等著。」

我向安卜羅茲校長、羅伊德老師、露比鞠躬以後，便轉身走出救護室，結果應該已回到西宿舍的亞邁傑與雷歐似乎在等我，站在那裡。

「盧克斯，你要去救緹亞莉絲嗎？」

「是啊……畢竟釋放緹亞的條件就是我一個人赴約。」

「等等啊，盧克斯。那麼我也一起去！就算你再強大，獨自赴約就像打赤腳闖入死地啊！」

「對、對啊！亞邁傑說得沒錯。盧克斯，我也一起去！」

不能讓你一個人耍帥！亞邁傑握拳亢奮地說道，雷歐也點頭同意。然而我對兩人搖搖頭。

「……抱歉啊。很感激你們的提議，但是我不能讓你們一起來。這也是我的問題。校長也同意了。」

「就算是敵人的要求，也不用獨自乖乖赴約吧！還是說你覺得我們的力量不夠？」

「對，沒錯。而且敵人不只那個用帽兜蓋住臉、不曉得真面目的傢伙。還有一個叫做雷禍的魔術師的危險魔術師。對你們倆太危險了。」

「你說雷禍的魔術師！那、那麼一來，就更不能讓你一個人過去了！真的會死喔，盧克斯！」

「沒事的喔，亞邁傑。對手是誰都無所謂。假如和師傅一樣強大或許會很棘手……但我不會再輸了。」

「現在是開玩笑的時候嗎？還不遲，還是找校長商量——」

「沒用的。畢竟已經出現四隻獵狼王，讓王都陷入混亂了。而且終焉教團說不定還會有動作。沒有餘力分出戰力去救緹亞莉絲一個人。」

當我說明「營造這種狀況就是那夥人的目的」時，亞邁傑咒罵一聲可惡，雷歐則悔恨地緊咬著嘴唇。

「就是這麼回事，亞邁傑，雷歐。學園就拜託你們保護了。」

「盧克斯……」

「聽好了，盧克斯。你絕對要和緹亞莉絲同學一起回來喔！如果只有你一個人或者緹亞莉絲同學一個人回來，我可不會原諒你！」

對於如此叫喊的亞邁傑，我揚起嘴角，只回了這麼一句話。

「——我出發了。」

＊＊＊＊＊

「這樣真的沒關係嗎，安卜羅茲校長？終焉教團的要求不是那把劍，而是盧克斯本人，不告訴他沒關係嗎？」

盧克斯離開以後。愛梓與羅伊德離開救護室，來到校長室。

羅伊德詢問愛梓，她那個時候沒有向盧克斯說明的，終焉教團真正的目的。

「無妨。倘若說明這件事，就必須說明他所背負的命運。不過時機尚未到來。」

終焉教團盯上的並非盧克斯持有的星劍，而是盧克斯體內沉睡的神滅之力。恐怕緹亞莉絲也曉得這個事實。因此她為了讓盧克斯體驗普通的生活與幸福的日常，才接受梵貝爾的請託吧？

「封印在盧克斯的體內，引導世界走向毀滅的災厄之龍。讓龍復活，正是終焉教團的宿願。大概是判斷梵離開他身邊的這個時候有機可趁吧……呵呵，思考太天真，太膚淺了。」

「…………」

愛梓浮現大膽無懼的笑容，相對而言羅伊德的表情依然帶著一絲不安，神色陰沉。見學生這個模樣，愛梓嘆了口氣。

「真是的。我的學生真是愛操心……你放心吧。盧克斯不會輸的。如果我不這麼相信，就不會讓他獨自赴約了吧？」

愛梓發出錯愕的笑聲並說明，接著補充以下這句話。

「畢竟盧克斯的實力可是凌駕於過去被稱為最強的英雄梵貝爾・魯拉啊。」

第8話　向星劍立誓

「這、這裡是……？」

「終於醒過來啦？感覺怎麼樣，睡美人？」

最先出聲向恢復意識的緹亞莉絲攀談的人，便是嘴角帶著嘲笑般卑鄙笑容的邪道魔術師戴夫南特．庫克雷因。

「當然是這輩子感覺最差勁的清醒。一看見你的臉，我又覺得更不舒服了，所以可以讓我回去了嗎？」

畢竟眼前的男人是打倒自己的對手。儘管身體並不疼痛，刻於內心的失敗感不會痊癒。況且手腳還被綁住，整個人被拘束在椅子上，因此不可能覺得舒適。

「那還真是令人遺憾，但是可不能讓妳回去啊。畢竟接下來才是重頭戲。」

「……你們有什麼目的？為什麼盯上盧克斯？」

緹亞莉絲鄭重地詢問在剛才的戰鬥中冒出的疑問。

「因為教團想讓災厄之龍復活啊。因此似乎需要那個叫做盧克斯的小子呢。妳知道嗎？那小子的體內封印著那隻龍喔。」

「災厄之龍……指神話時代中，神明唯一無法打倒的存在嗎？那隻龍就封印在盧克斯的體內嗎？」

「什麼，妳不知道嗎？小姐也從梵貝爾．魯拉那裡聽說不少事情，原本以為妳早就聽說了！真是令人愉悅、太痛快了！」

戴夫南特哈哈大笑地說道。儘管緹亞莉絲眼角上揚，以充斥殺氣的眼神瞪著他，他也絲毫不在意地繼續說下去。

「只要把他給殺了，那隻龍似乎就會復活。因此為了孤立他，特地在王都召喚出獵狼王，讓軍隊專注對付牠們時綁走小姐。雖然由我說不太好，這麼做還真是費工呢。」

如此說道的戴夫南特傻眼地笑著，聳了聳肩。不過就緹亞莉絲而言，這番話實在笑不出來。

「呵呵，你們似乎在聊很有趣的事情，也能讓我加入嗎？」

帽兜人翩然在兩人面前現身。還是一樣看不清楚面孔，不過在近距離聽見聲音，緹亞莉絲察覺那是名女性，而且還是自己熟悉的人。

「……本體過來幹嘛？應該還沒有輪到妳登場吧？」

「呵呵，我忍不住了呀。戴夫南特先生在言語攻擊可愛又年紀小的女生，實在太有意思了。而且緹亞莉絲同學不畏艱難的想法也令人感動不已。」

「還真敢講。嘴上說著感動，嘴角可是愉悅地扭曲著喔？言行舉止和情感要一致才有說服力啦，蠢蛋。」

戴夫南特不屑的說法，讓帽兜人發出笑聲。

「我才不是那種過分的女人喲，戴夫南特先生。儘管飼養著怪物，也想讓對方體會愛的緹亞莉絲同學勇敢的模樣，讓我由衷地感動。」

「愛呀……沒想到會聽見妳說那種話。令人毛骨悚然。」

「哎呀，你今天講話比平時更辛辣呢。如果有像我這麼渴望愛的人在，還真想認識對方。」

戴帽兜的女人故意卻也嘆了口帶著魅惑的氣息。緹亞莉絲看見她的一舉一動，深信這個人的身分了。

「妳是否為渴求愛的野獸，這種事情不重要。歸根究柢，盧克斯那小子真的會獨自前來嗎？只要他死了，世界可能會毀滅，我不認為那個愛梓・安卜羅茲會允許他赴約

耶？最重要的是，妳不是狠狠教訓了那小子一頓嗎？那麼我覺得更不可能了耶？」

「沒有錯。雖然和這個人持相同意見令人不悅，但假設盧克斯想獨自前來，校長也不可能准許！」

「呵呵呵。不對，你們倆都弄錯了。首先身體有龍寄宿的盧克斯即使多少負傷，也能立刻痊癒。而且安卜羅茲校長肯定會允許他前來。畢竟他可是遠遠凌駕於那個『龍傑的英雄』梵貝爾．魯拉的強者。」

她如此肯定，讓戴夫南特吹了聲口哨，緹亞莉絲沉默不語。帽兜女人滿意地看著他們的反應，發出輕笑聲以後繼續往下說：

「他身邊的朋友或許會想一起過來，不過太礙手礙腳了，他不會把人帶過來吧？況且縱使王都的獵狼王被擊退了，見到非常時期的狀態尚未解除，也沒有那種餘力為了救出一名學生而分出戰力才對。因此盧克斯同學只能獨自前來。」

「妳的……終焉教團的目的是什麼？殺害盧克斯，讓【提亞瑪特】復活以後，有什麼目的？難不成真的想要毀滅世界嗎？」

緹亞莉絲如此詢問的聲音帶著悲壯感。探究歷史的人為什麼想親手破壞歷史的累積呢？她想了解原因。

「那是因為，緹亞莉絲同學，是為了讓神明不在的這種無趣的世界終結，以創造新世界喔。而且——」

那句話沒有說完。因為——

「看來主角登場了，等好久了。」

戴夫南特浮現猙獰的笑容，視線投向的方向，是身穿眼熟學園制服的一名少年。他的手中握有宛如無星的夜空般美麗的純黑長劍。

「把緹亞還給我，終焉教團。」

盧克斯平靜的聲音響徹廢棄教會。

＊＊＊＊＊

盧克斯來到王都郊外的廢棄教會。

過去那裡是善良的神父夫妻收養沒有父母的孩童們一起生活，洋溢著愛與溫柔的場所。現在已不見當時的任何影子，成為終焉教團的據點，實在諷刺。

「盧克斯，你為什麼一個人過來？」

緹亞莉絲第一句話就是近似慘叫的呼喊。看來她似乎沒有外傷，儘管手腳被綁在椅子上，看來精神不錯，讓盧克斯鬆了口氣。

「小子，真虧你敢獨自前來。遵守約定很了不起，我就特別稱讚你吧。」

「就算被你稱讚也不開心。比起這種無聊事，快點放開緹亞。既然我已經赴約，她的職責也結束了吧？」

「呵呵呵。很遺憾，盧克斯同學，我不可能實現那種無理的要求。因為得讓她從頭到尾見證接下來發生的戰鬥呀。」

帽兜女人把手放在緹亞莉絲的肩膀上，站在她一旁，戴夫南特把長槍擱在肩膀上，阻擋在盧克斯面前。

「由於不曉得你是否從安卜羅茲校長口中聽見我們的目的，因此我要鄭重聲明。盧克斯同學，為了世界，請你去死吧。」

與從安卜羅茲校長口中聽到的說明有些差異，令人大吃一驚，不過對於盧克斯而言都是小事。不論被盯上的是星劍還是性命，都不會影響他要做的事情。

「倘若你束手就擒，就能不讓你感到疼痛地輕鬆上路……不過你當然會抵抗吧？」

「那當然。我會打倒你們，奪回緹亞。因此我才來到這裡。」

「說得好，小子！不這麼做就不有趣，我接受這種麻煩的委託也沒意義了！來，快點握好星劍。我要檢查看看，你是否真的比梵貝爾‧魯拉還強大。」

戴夫南特愉悅地扭曲嘴角，雙手握好長槍沉下腰，擺好架式斜身面對對手。盧克斯也斜斜站穩，雙手握住劍指著地面。

緊張與寂靜瀰漫著廢棄教會。這一瞬間，緹亞莉絲和戴帽兜的女人都屏息凝神地觀察情況。

月光從半毀的屋頂射入，嘴角浮現猙獰微笑的戴夫南特與盧克斯的視線交錯。接著當月亮再次被雲遮住時，兩人同時動作了。

彼此都大喝一聲，揮下武器。劍與長槍互相交鋒，比起魔術師的戰鬥，更像武人的死鬥。

因此蘊含的魔力含量打從一開始就火力全開。劇烈衝突的熱量也十分龐大。鋼鐵之間劇烈交鋒使得火花四濺，每一次衝擊都產生宛如可吹垮廢棄教會的破壞性衝擊波。

腳在地面踩出大洞。揮動武器的一擊產生的空壓割開腐朽的椅子，在牆壁上劃出深深一道痕跡。

縱使是向同一位師傅學習戰技的緹亞莉絲，也跟不上兩人反覆使出的疾速斬擊。因

此她能做的，唯有祈禱般的凝視兩人反覆劇烈交鋒與鬥爭的演奏罷了。

「呵呵呵。竟然能與把許多魔術師送上黃泉的戴夫南特卿的槍法打得不相上下……盧克斯同學果然很有一套呢。」

戴帽兜的女人浮現陶醉的神情，以蠱惑人的聲音呢喃。差不多該問出這個人真正的企圖了。

「創造新世界以後，妳想要做什麼呢……艾瑪克蘿芙老師！」

在男人們的交鋒演奏的瘋狂樂曲中，緹亞莉絲下定決心追問。

從露比蒂雅口中聽說在王都發生的魔術師連續殺人事件，與召喚獵狼王的變異種。終焉教團與這些事件息息相關。而凶手就是在拉斯貝特王立魔術學園負責「魔術歷史課」的艾瑪克蘿芙・烏爾葛斯頓。

並非沒有徵兆。只不過確信的是——被擄來這裡之前的戰鬥中受到的冰魔術攻擊，以及戴夫南特讓人失去意識的魔術。

就算講得委婉一點，原本已身受重傷，清醒時那些傷口卻完全治好了。就算找遍整個王國，也沒幾個治癒魔術師能做到這一點。最重要的是，殘留於體內的溫暖又舒適的魔力就是最好的證據。

不只是如此。在戴夫南特與緹亞莉絲談話期間現身時，艾瑪克蘿芙就已經解除帽兜的認知妨礙魔術了。

「是喔……沒想到會被妳察覺，真令人吃驚。可以說明一下是什麼時候察覺的，讓我參考一下嗎？」

「老師在模擬戰之後，對盧克斯施展了治癒魔術吧？我的身體感受到的魔力，與從醫務室返回的盧克斯身上感受到的相同。」

「哦，原來如此。模擬戰以後稍微幫他治療了一下，看來失敗了。不過緹亞莉絲同學已經知道是我，卻沒有詢問『為什麼要背叛學園』這部分值得稱讚呢。」

艾瑪克蘿芙脫掉帽兜，有如在稱讚正確回答問題的好學生般以開朗的聲音說明。

「只要訊問妳的目的就能了解背叛的理由。老師，請妳告訴我妳想要做什麼？」

「哎呀哎呀，急性子會惹人嫌喔？等那場戰鬥結束後再回答這個問題也不遲喔。」

艾瑪克蘿芙掛著微笑，視線投向從狹窄的教會飛奔而出、持續打鬥的盧克斯與戴夫南特。

「小子，還挺能打的嘛！沒料到你這麼有能耐！」

儘管戴夫南特邊說輕浮話邊揮著長槍，內心卻大感吃驚。一方面也是因為他切身感

受到艾瑪克蘿芙提過「比梵貝爾還強大」的意義，不過擁有這麼強大的力量，竟然曾經一度輸給委託人。盧克斯的動作洗練到不覺得他敗北過。

「畢竟發生過太多事情，我已經清醒了。現在就算面對神明也不會輸！」

鋼鐵以疾速彼此交鋒，瘋狂的樂曲響澈寂靜的廢墟。

自戰鬥開始以後經過幾分鐘，兩人已交鋒超過二十次。

在攻擊範圍方面，當然是戴夫南特占上風。活用這種攻擊距離的差距，不讓對手靠近，用招式與魔術單方面壓制。

那是戴夫南特原本的戰鬥方式。

然而現在對上盧克斯卻不適用。

魔槍確實傷害到盧克斯的身體，然而卻無法造成致命傷害。那是長槍這種攻擊範圍廣闊的武器特性，加上每突刺一下就要收回長槍的步驟，會產生些許的空檔。盧克斯沒放過這種些微的空檔，縮短距離揮劍而來。

因此一秒也不能大意，也沒有餘力施展魔術，應該說只要一個分神，轉瞬之間就會被劍擊的波浪所吞噬吧。

儘管彷彿覺得在與死亡比鄰的暴風雨之中掙扎，這種令人寒毛直豎的感覺正是戴夫南特渴望已久的戰鬥。

「盧克斯．魯拉，你實在太棒了！不愧受到梵貝爾那傢伙嚴格鍛鍊啊！」

戴夫南特嘴上說著玩笑話，盧克斯沒有回應，只是揮劍。

每一道必殺的攻擊都一一打落，以最短的距離往後一躍躲開掃來的長槍，接著立刻往前一踏，橫向一砍。

攻防一再反覆，然而盧克斯的劍卻不曾觸及戴夫南特，也無法再往前踏一步縮短彼此的距離。

「擁有這種程度的力量，為什麼……！」

劍與長槍交鋒的炙熱鋼鐵聲響不曾停歇，但戰鬥陷入膠著的狀態。

不過兩人都具有突破這種狀況的方法。剩下的唯有何時出招。只要看準時機即可。

「──喝啊啊啊！」

隨著大喝一聲，盧克斯把劍舉到最高處往下揮。戴夫南特沒有用長槍擋下，而是刻意大大往後一躍，拉開距離。

深紅色的魔槍發出妖豔的光輝。

——有什麼要來了！

盧克斯的腦海當下閃過不吉利的死亡。他判斷這個距離太危險，隨即想出手阻止對方追擊，然而戴夫南特卻早他一步完成魔術。

「雷鳴啊，化為長槍傾瀉吧。如驟雨『雷電・槍雨』！」

紫電的箭雨從空中傾瀉而下，阻擋去路。不過在這之中，盧克斯別說減慢速度了，甚至用力一腳蹬向地面筆直前進，雙手用力握著劍從下往上一揮。

「阿斯特萊亞流戰技『天津之旋風』！」

純黑的劍刃產生的的暴風吹散雷雲。率先發動的魔術被慢一步出招的戰技抵消，這種蠻橫的作法讓戴夫南特也目瞪口呆了一下。

魔術師彼此的戰鬥，如何比起對手先一步發動魔術，正是勝負的關鍵。在魔術戰之中，基本上慢一步出招沒有用處。

不過戰技能將那種不可能化為可能。

藉由呼喊過去神明揮舞的招式名稱，喚醒烙印在其名字中的記憶，引發與魔術匹敵的奇蹟之技術，那正是戰技。

戰技分為阿斯特萊亞流及維尼艾拉流等流派，那些流派共通的地方便是學會戰技，要有與魔術相異的才能。況且必須與劍技等體術同時學會，因此沒那麼多人會用，同時精通魔術與戰技的人，可與最強劃上等號。

「你和梵貝爾一樣！能快速抵消我的魔術！」

縱使魔術被抵消，戴夫南特發出愉悅的叫喊。過去他曾遭遇相同的情況一敗塗地，難堪地逃之夭夭。

因此戴夫南特預測這種情況，留了下一招——他懂的魔術當中最強大的底牌。

「雷帝啊，以極大的憤怒悉數打倒立於吾眼前的敵人『卜倫提斯』！」

那便是打倒緹亞莉絲，戴夫南特能用的魔術之中殺傷力最強大的必殺技。

從槍尖釋放的雷閃速度，自肉眼看見後便不可能躲避。只要發動，必定能命中並拿下勝利。肯定可以奪走對手性命。戴夫南特如此確信——

「阿斯特萊亞流戰技『瞬散』。」

即使雷閃直接命中盧克斯，他卻沒有濺血，豈止如此，他的身體有如霧一般散開。剎那間失去蹤影，戴夫南特驚訝地睜大雙眼。

阿斯特萊亞流戰技「瞬散」——藉由將體內的魔力匯集至下半身，可使出超快速的移動，時而藉由加速與減速轉換速度，迷惑對手的步行術。

「阿斯特萊亞流戰技『天雷之亂花（Stella Bellows）』。」

一瞬以後，盧克斯的聲音從背後傳來。戴夫南特沒有回頭，專注躲避，盡全力朝著前方滾動。好幾道纏繞雷的純黑斬擊，劃過一瞬間之前他所站立的空間。

「呼、呼、呼……真是的，不得了的小子啊，可惡。」

戴夫南特肩膀起伏喘氣，咒罵著。相對而言，盧克斯一臉輕鬆地拿好劍，內心卻對於沒能分出勝負、自己的不成熟之處咂嘴，同時也湧出疑惑。

「真是的……竟然輕輕鬆鬆就躲開我的絕招……你在學園和那隻母狐狸打的時候，沒有拿出真本事嗎？真是的，你這個小鬼一點都不可愛。」

「從你的動作看來，你不是第一次對上阿斯特萊亞流戰技吧？難不成你和師傅交手過嗎？」

「嗯？啊，沒錯。我曾經和梵貝爾．魯拉打過一次。不過當時輸得一蹋糊塗啦。」

盧克斯心想，果然沒錯。假如是第一看見，只要抵消魔術就能產生些微空檔，然而他之後的反應就像曉得自己會那麼出招。

「母狐狸說過你比梵貝爾還強，看來不是隨口說說。當我的對手正好，接下來要全力出招了！」

戴夫南特將長槍「咻」地劃開空氣拿好。從他身體散發的魔力正在增幅，表示他不是在說謊。盧克斯深呼吸以後，集中精神將劍對準他。

「戴夫南特先生，抱歉在這麼愉快的時候打擾你，差不多該分出勝負了吧？」

艾瑪克蘿芙沒有察言觀色，朝著兩人充斥瀕死緊張感的空間潑冷水。盧克斯首次察覺戴著帽兜、終焉教團的人是艾瑪克蘿芙，讓他些微動搖了。

「觀眾別多嘴，退下！」

戴夫南特絲毫不隱藏不滿，充斥殺氣地大吼。

「雖然我也想讓戴夫南特先生盡情享受戰鬥，不過我判斷再打下去也一樣。再拖下去，世界唯一的魔法使就要趕來了。如此一來，我們一定會沒命。因此看你要使出底牌或施展奧義都行，請趕緊打倒盧克斯同學吧。」

艾瑪克蘿芙與站在教室前講課時同樣開朗的語氣下指示。雖然想與盧克斯盡情打一場，但留得青山在不怕沒柴燒。萬一世界上唯一的魔法使愛梓・安卜羅茲趕來，縱使戴夫南特再強，在她面前都等同於小嬰兒。

「真是的。好不容易有個樂子，活著還真是無法盡如人意。就是這麼回事，小子。

即便才開打不久，差不多該分出勝負了。

「先讓我問一個問題。艾瑪克蘿芙老師，您為什麼要這麼做？」

盧克斯簡短問道，但艾瑪克蘿芙只是浮現微笑，看來沒有意願回話。盧克斯閉起眼睛，一度吐了一口氣以後，首先要盡全力專心打倒眼前這個男人。

「盧克斯……！」

緹亞莉絲現在也快要哭出來，不安地呼喚著。盧克斯露出笑容，朝著她回話：

「沒事的，緹亞。我不會輸。所以再等我一下。」

如果可行，好想像第一次見面的那天晚上她對自己做的一樣，溫柔地撫摸她的頭，以安撫她的不安。想抱住她說妳很努力了。

「喂喂，饒了我吧。在戰鬥中卿卿我我，你的膽子也太大了吧？等打倒我以後再繼續好嗎？光看著，都要反胃吐出來啦。」

「也對……那得趕緊打倒你呢。」

「盧、盧克斯？你怎麼突然這樣講話？繼續又是要做什麼？」

「哎呀哎呀。緹亞莉絲同學還真是備受盧克斯同學關愛呢。人家好嫉妒。」

「怎麼連艾瑪克蘿芙老師也這麼說？真是的！盧克斯大笨蛋！」

緹亞莉絲滿臉通紅地大叫，緊繃的氣氛稍微舒緩下來。不過持續不久。當盧克斯與戴夫南特再次對峙時，沉重的緊張感瀰漫整個廢墟，甚至令人認為至今像是場兒戲。

「接下來要用的招式是解放魔槍的記憶，如文字所述的必殺一擊。我要確實用盡全力貫穿你的心臟。」

戴夫南特一腳往前踏，放低身體拿好武器。深紅的魔槍發出低沉的聲音，燃燒般的發光。

他所擁有的魔槍名稱為【蓋．艾非】。藉由解放密藏於武器內的記憶，可確實射穿對手的心臟，乃必中必殺的一擊。

「…………」

面對這個情況，盧克斯平靜地吐出身體累積的熱氣，左腳往前一踏，擺出把劍舉到頭一旁的八相架式。雙手用力握緊劍柄，將全身的魔力注入劍。

梵貝爾送給他的星劍【安德拉斯特】。

愛梓提過，這把劍連最強的災厄之龍也能劈開，終焉教團想要這把劍，不過對於盧克斯而言那些事情無所謂。這把劍是他唯一的家人、親人，身為師傅的男人犧牲己身而唯一贈送給他的物品。

因此，盧克斯向這把星劍發誓，要拿下勝利與守護珍視的人。

「我要上了，雷禍的魔術師。我要用這一擊……打倒你！」

「說得好，盧克斯・魯拉！那麼我也會盡全力迎擊！」

寂靜充斥廢墟，被雲蓋住的黃金之月探出臉時，兩人的戰鬥迎向終局。

「記憶解放——『貫穿心臟的絕死之槍（蓋・艾非）』！」

先發動招式的是戴夫南特必殺的突刺。盧克斯事不關己地望著帶來死亡的魔槍朝著心臟筆直射來，稍微壓低身體。

光芒匯集。星月宛如向星劍低頭般獻出自身的光輝，光輝呼喚更多光輝，成為一千個祈禱，聚集成一道光束。

刻於這把劍的記憶之一是希望。劈開充斥絕望的夜晚、昏暗的神滅時代，照亮世界的創星光輝。

其名為——

「記憶解放——『與神同行的創星之夢（法布拉基爾加梅斯）』！」

星光奔馳，光芒嘶吼。

解放的龍滅波動化為漩渦奔騰的黃金奔流，逐漸吞噬伴隨夜晚黑暗的深紅死閃。

——真是惱人，沒想到竟然還有機會看見那道光輝——

必中必殺的魔槍深紅光輝遭到抵消，戴夫南特被有如太陽的灼熱衝擊命中，然而縱使己身受毀滅包覆，也讓白色的炫目極光奪走了心。

「這就是星劍的力量嗎……原來如此，這傢伙確實是特別的。」

緊接著將一切燃燒殆盡的殲滅光輝收束，靜謐再次造訪世界之際。立於戰場的人，只剩下揮下星劍的盧克斯而已。

「好厲害……」

「呵呵呵，太美妙了。盧克斯同學的力量真的太美妙了呢！」

面對戰鬥的結局，緹亞莉絲啞然失聲，艾瑪克蘿芙浮現陶醉的笑容。她的模樣就像終於找到長年不斷尋找的思念之人。

「話說回來，戴夫南特先生很努力工作呢。雖然計畫以失敗告終，拉斯貝特魔術師團的戰力也大致上掌握了，也成功曉得龍的容器的性質，就別放在心上了。」

艾瑪克蘿芙說著絲毫不把戴夫南特當作一回事的惜別話語，在解開緹亞莉絲的束縛

時，臉朝向從剛才就以銳利的視線瞪著她的盧克斯。

「艾瑪克蘿芙老師，妳有什麼目的？」

如此發問的盧克斯的聲音，除了單純的疑惑，還帶著困惑的情感。艾瑪克蘿芙嫣然一笑，回答：

「盧克斯同學，我的願望啊，就是重新創造灰色的世界喔。畢竟這個世界只不過是神製作的沙盒。沒有夢想和希望，一切都是居住天上的神明隨心所欲描繪，有如繪本般的世界。」

「……老師，妳在說什麼——？」

「呵呵呵，盧克斯同學也總有一天會知道。我很期待屆時你會做出何種選擇喔。」

如此說道的艾瑪克蘿芙彈響了指頭後，她背後的空間產生扭曲。毫不遲疑地踏入其中浮現嫣然一笑，留下「拜拜，盧克斯同學」這句話後，她的身影便消失無蹤了。

「用了轉移魔術嗎……看來追不上她了。」

盧克斯一邊嘀咕一邊當場單膝跪下。流太多血了。加上第一次使用——雖然不曉得為什麼會用——星劍的記憶解放，幾乎消耗所有魔力。

儘管不甘心，如此一來就算想追過去也沒辦法，老實說也不曉得意識可以維持到什麼時候。

「還好吧，盧克斯？」

緹亞莉絲慌張地跑到盧克斯身邊，首次察覺他的腳邊流了一攤血水。

「沒事的，緹亞，這點小傷不要緊。」

笑著如此說道的他額頭布滿汗水。緹亞莉絲詛咒自己無法像艾瑪克蘿芙使用治癒魔術的無力，盧克斯顧慮人的體貼讓她內心刺痛。

「盧克斯，謝謝你來救我。還有……對不起。因為我的緣故讓你遇到這種事……」

緹亞莉絲有如寶石般漂亮的眼眸撲簌簌地落下大顆眼淚，沾濕盧克斯的臉頰。

「緹亞不用道歉。不對的是做出這種事的終焉教團。所以別哭了。」

緹亞莉絲與平時威風凜凜的模樣就像不同人似的垂下肩膀大哭，於是我輕輕伸手觸摸她的臉頰，擦拭眼淚，溫柔地撫摸頭。

「還有……只要緹亞陷入危機，無論幾次我都會趕過去。一定趕到。」

「這、這種事情不會一再發生！話說盧克斯，剛才那是什麼意思呢？」

「妳問什麼意思……對我而言緹亞是——」

不過那句話沒有說到最後，撐到極限的盧克斯意識昏沉，無力地靠在她身上。

「盧、盧克斯？你還好吧？不可以死掉！我也有話還沒有說！所以請睜開眼睛！盧克斯——！」

尾聲

由終焉教團主導，召喚獵狼王的恐怖攻擊事件，由於拉斯貝特魔術師團、拉斯貝特王立魔術學園的教師以及學生們的活躍，成功阻止並順利守護王都的和平。

然而幾乎無人知道私下發生的誘拐事件，才是終焉教團真正的目的。

另外在拉斯貝特王立魔術學園擔任教職的艾瑪克蘿芙．烏爾葛斯頓是終焉教團的成員，也是引發一連串事件的主謀一事，被澈底下了情報管制，在學園內知道這個事實的人，唯有部分相關人事與當事人的學生們。

然而這些事實並沒有完全葬送於黑暗中。於王都出現的魔物是已死王家的怨念引來的，或一百年前反抗世界、最強最邪惡的魔術師復活等各式各樣的傳聞和揣測交織。不過人是容易厭倦的生物，不到一個月話題已無人提及，恢復安穩的日常生活。

附帶一提，我身為事件當事人之一，在與戴夫南特．庫克雷因的戰鬥中身負重傷，住院好一段時間，不過多虧一如往常驚人的自我治癒力與安卜羅茲校長親手施展的治癒

魔術，我變得挺閒的。

出院前，我與前來探病的校長稍微聊了一下。

「哎呀——在千鈞一髮的狀況下解放星劍的記憶，不愧是我的徒孫！愈來愈令人期待你的未來了！」

「謝謝您。話雖如此，我也不曉得為什麼自己會用呢。」

「記憶解放的使用條件，是得被武器認同。在有數的神代武裝當中，那把劍也是格外任性的孩子，不過既然盧克斯同學能使用，表示星劍承認你是主人喔。」

「任性的孩子……」

又不是孩童，我在內心傻眼。

「因為持有者的最低條件，是必須擁有『火』、『水』、『風』、『土』、『雷』『冰』、『聖』、『暗』的全屬性資質喔？這樣子不任性又該如何形容？」

「請等一下，校長。您剛才是否隨口說了不得了的話？必須擁有全屬性的資質？也就是說——」

「哎呀，我沒說過嗎？盧克斯同學的魔術資質是這個世界上唯一的八種屬性全部喔。哎呀，實在前所未見耶。」

安卜羅茲校長如此說道，哈哈大笑。這個人肯定是為了讓我吃驚，分明知情卻刻意不說明。而師傅也一樣吧？真是的，師徒再相像也要有個限度啊。

「就是這麼回事，只要你繼續遵守向星劍立下的誓言，以後一定也會借你力量。」

安卜羅茲校長拍了拍我肩膀以後，靜靜地離開病房。說真的，她這個人就像暴風雨一樣。我嘆了口氣，視線投向靠在窗邊的星劍。

「被劍認同嗎……【安德拉斯特】你認同我了嗎？」

心裡很清楚，向劍搭話當然不會有反應。即使如此我也不在意地再次出聲。

「不管怎麼樣，搭檔，以後請多指教啦。」

劍似乎亮了一下，就像在回應它也是。

在那之後經過幾天，某個晴朗的週末午後。

我和緹亞一起久違地在王都街道上散步。附帶一提，露比與雷歐兩人不在。

起初也想邀請大家，不過緹亞撒嬌地仰望著我說：「偶爾也兩人私下出門吧？」就變成這種情況了。

「不可思議呢。最近王國才陷入或許會毀滅的狀況，就像沒發生過呢。」

「和平是好事喔。而且如果那種事件多發生幾次，有幾條命都不夠喔。」

如此說道的緹亞露出苦笑。確實如此，假如危險的魔物在王都一再現身，這個國家就完了。就像一夕之間毀滅的阿斯特萊亞王國。

「來，別聊陰沉的話題了！今天要去哪裡玩呢？」

「不對，那是我想問的……說起來，是緹亞約我出來的吧？妳想做什麼？今天我會陪妳一天喔。」

「咦？可以嗎！那麼我有想買的東西，可以陪我吧！我不聽回答！」

緹亞不讓我回答，突然牽住我的手快速跑出去。真希望至少告訴我想去哪裡，不過像這樣被人牽著走也還不賴。

——盧克斯，你要變強。為了在這個世界生活，為了守護重要的人，要變得比任何人都強大——

「嗯……爸爸，我會在這裡變強喔。」

雖然無法像爸爸那樣打算拯救一切，我會變強到可以用這把劍與魔術守護緹亞和露比，以及這雙眼所見的珍視的人們。

「嗯？盧克斯，你說了什麼嗎？」

我拍了拍轉身以詫異的表情提問的緹亞的頭，柔和地微笑。

「沒有，我沒說話喔。只是……謝謝妳，緹亞。儘管是師傅的請託，妳協助我進入拉斯貝特王立魔術學園，我非常期待以後的生活喔。」

「呵呵，盧克斯過得開心就太好了。以後也一起努力吧！」

她緊抱著我的手臂，浮現滿面笑容。那張惹人憐愛的笑臉，讓我的心臟狂跳，手臂感受到豐滿果實的柔軟，讓體溫急遽上升。緹亞敏銳地察覺我的變化，浮現小惡魔般的表情。

「欸，盧克斯。其實有件事讓我很在意，可以問你嗎？」

她把臉湊近我詢問。

附帶一提，今天緹亞不是穿眼熟的制服，而是前陣子買的白底碎花圖案的連身裙。因此比平常更有魅力，真希望別靠我太近。我有自覺臉頰熱了起來，於是別過臉。

「有、有事情想問？只要是我能回答的範圍就回答……什麼事？」

「盧克斯還記得你來救我的時候，說過『只要緹亞陷入危機，無論幾次我都會趕過去。一定趕到』嗎？」

「啊……對，我記得。怎麼了？」

「那之後，盧克斯失去意識的前一刻說過『對我而言緹亞是——』也記得嗎？」

我確實在意識模糊之中說過那種話。來不及說出的話也記得一清二楚。

「欸，盧克斯，對你而言，我是什麼樣的存在呢？」

「啊……那是、其實……」

不要以令人難耐的聲音訴說的同時，用濕潤的眼神望向我。就算想回答，也因為難為情而難以開口。

「來吧，盧克斯。既然還記得，請趕緊告訴我！」

緹亞緊緊貼著我的手臂施壓。不要順便眼神朝上直盯著我瞧啊。

「知道、知道了。我會好好回答。我對妳——」

「哎呀，在那裡的人不是盧克斯和緹亞嗎？」

我把話說完之前背後有人搭話，使得緹亞肩膀一顫，慌張地和我拉開距離。接著轉頭一看，身穿便服的露比笑著站在那裡。

雖然沒想到會遇到熟人，我因此得救了。相對而言，緹亞鼓起臉頰變得不開心。

「……為什麼露比會在這裡啊？」

緹亞絲毫不隱藏「我在生氣」，以冰冷的聲音訊問，讓露比心生困惑。

「怎麼問為什麼，當然是偶然啊？比起這種事，你們才是在這種大街上做什麼？公然猥褻會嚇到人喔？」

「猥、猥褻？露比等一下！我和盧克斯還沒有做任何傷風敗俗的事情喔！」

「……聽見了嗎，盧克斯？這孩子說了『還沒有』喔。我不會害你，現在最好立刻遠離那個色情魔，然後和我一起度過優雅的下午茶時光吧！」

露比如此說道，浮現優雅的微笑朝我伸手。在這樣的爭執中，露比不僅略勝一籌，極富魅力的提議也令人動搖，不過緹亞就像一道防坡堤，介入我和露比之間，不讓她這麼做。

「很可惜，接下來盧克斯要和我兩個人去購物！因此露比請獨自寂寞地喝杯茶，回到宿舍吧！」

「哎呀哎呀，對於一同挑戰強敵的戰友，這種說法還真是過分呢。既然我們都見面了，那就三人一起去購物吧！盧克斯也是這種想法吧？」

「……不要把話題拋給我。」

「盧克斯也跟她說啊！你比較想和我兩個人相處吧？」

「饒了我吧……」

我瞄向吵吵鬧鬧的兩名美少女，一邊嘆氣一邊抬頭望向不見一片雲朵的晴朗天空，思索該如何回答。

後記

幸會，還有好久不見，我是雨音惠。

感謝購買本作《被師傅強押債務的我，和美女千金們在魔術學園大開無雙。》。

新刊能順利出版，讓我鬆了一口氣。

大概很少有讀者從後記先讀起，我想聊聊私底下的事情。

其實（也沒那麼鄭重啦）我在這部小說換了責編。

前任責編S心胸寬大到在一個系列之中就讓我寫了五次洗澡場景，雖然含淚道別，不過新責編N也不輸人。

來介紹確認初稿兼第一次碰見時，他對我說了什麼。

新責編N：「我讀過初稿了，覺得有地方不太足夠！」

雨音：「哪、哪個地方……？」

新責編N：「為什麼沒有洗澡的劇情呢？一說到雨音老師，就會想到洗澡吧！」

雨音&前責編S：「「原、原來如此……（苦笑）」」

就是這麼一回事，這次的作品內也有洗澡劇情！當然是彩頁插圖！請好好欣賞夕薙老師繪製的美麗又可愛的插圖！

接下來聊聊美麗又極具魅力的插圖吧。

這次擔任作品插畫的是夕薙老師！帥氣、可愛及美麗悉數包含的每一張插畫……每當我和責編檢查時，兩人都會情緒高漲（笑）。

盧克斯在體貼之中有著強大，緹亞莉絲和露比不僅可愛也堅強又魅力十足。當然這兩人以外的角色通通都很有魅力！請一定要購買此書，把盧克斯和緹亞帶回家。

接下來是謝詞。

前責編S，前作《両親の借金を肩代わりしてもらう条件は日本一可愛い女子高生と一緒に暮らすことでした。》真的受您不少照顧。謝謝您讓我寫了好多洗澡劇情。

新責編N，還真沒料到第一次碰面就叫我「寫洗澡劇情！」雖然會說「介意小細節是我的壞習慣」這種像杉●右京的話，每當修正時，都覺得作品變得更棒了。以後也請多多指教。請趕緊聽我商量洗澡劇情的場面。

擔任插畫的夕薙老師。感謝您在百忙之中接下這份工作，十分感謝。而且還有毅力地配合角色設計中細節的修正，有時還會提議，真的很感謝。這部作品能完成，真正意義上是多虧有夕薙老師。

各位讀者，現在我能夠寫故事，都是因為有大家的支持。

從本作第一次看我作品的人，從前作繼續買我的作品的人，對雙方都獻上深深的感激。如果願意見證盧克斯與緹亞莉絲故事的結局，是我的榮幸。

也十分感激關於參與本書出版的許多相關人士。也要再次鄭重地向購買這本小說的各位讀者致謝！

照慣例，最後有個請求。

將購買報告、閱讀本書的感想上傳到社群網站，或者給評論發表感言，或是寫信到出版社，請把你們的支持化為行動。如此一來會如何？主要會成為作品與作者的力量，或許能夠出版第二集。

想不想看夕薙老師描繪的緹亞莉絲、露比蒂雅或者校長的泳裝呢？我想看（喂）。

因此請各位借我力量（下跪）！也請給我有截稿日的生活（別這樣）！

好久沒寫後記了，原本擔心寫不出來，沒想到也快沒頁數了，就寫到這裡吧。

那麼，希望能在第二集和各位見面。

雨音惠

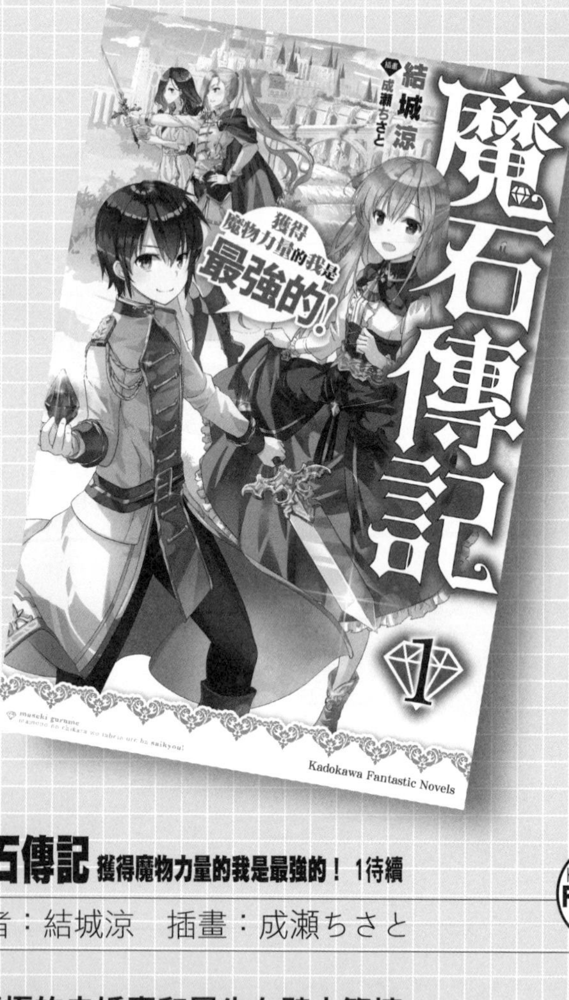

魔石傳記 獲得魔物力量的我是最強的！ 1待續

作者：結城涼　插畫：成瀬ちさと

被積極的未婚妻和冒失女騎士簇擁，
少年開啟為了成為「王」的新生活！

多虧女神轉生成貴族！本該是一帆風順——但得到的技能實在太不起眼，只能過著在家中被瞧不起的日子……然而某日得知自己能使用技能吞噬魔物的魔石並吸收其能力，以及自己是鄰國王族這一事實！最後甚至還將傳說中的魔物杜拉罕的能力收為己有！

NT$250／HK$83

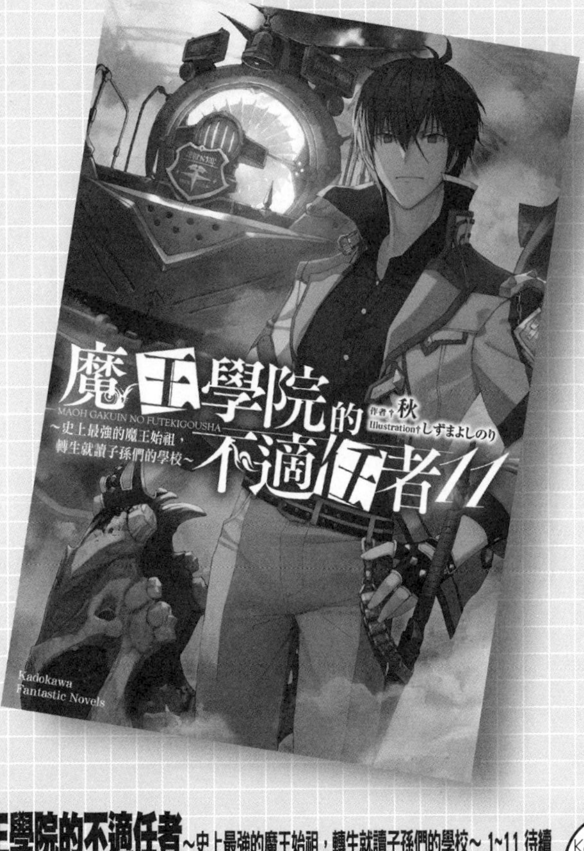

魔王學院的不適任者～史上最強的魔王始祖，轉生就讀子孫們的學校～ 1~11 待續

Kadokawa Fantastic Novels

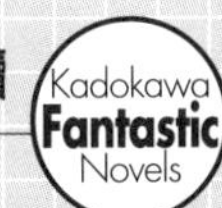

作者：秋　插畫：しずまよしのり

追尋消失的「火露」下落，
故事舞臺終於來到「世界的外側」！

打倒艾庫艾斯後，世界進行了轉生。然而至今流失的「火露」仍然下落不明，阿諾斯等人因此得出一個假設：「在這個世界的外側，可能存在另一個世界。」就像要證實這一點似的，當阿諾斯他們在摸索前往世界外側的方法時，身分不明的刺客襲擊了他們──

各 **NT$250~320/HK$83~107**

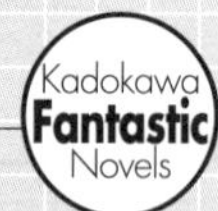

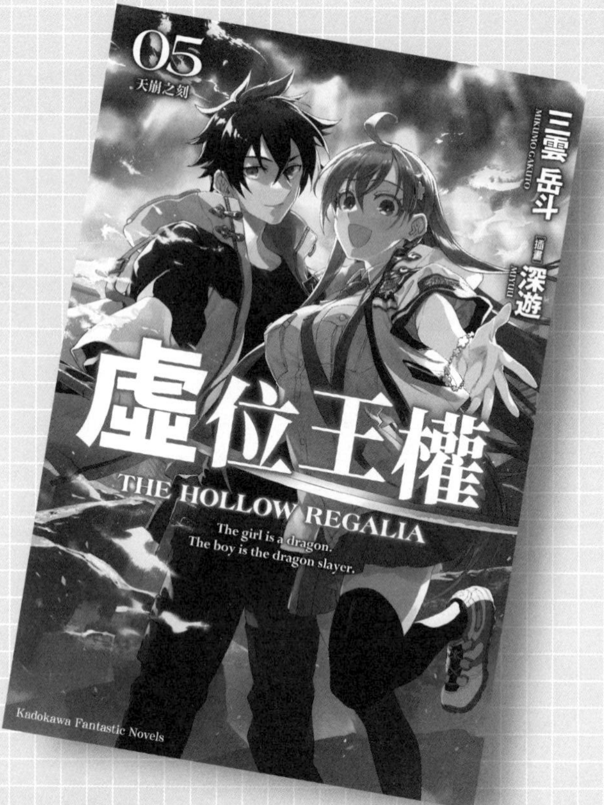

虛位王權 1~5 待續

Kadokawa Fantastic Novels

作者：三雲岳斗　插畫：深遊

八尋等人即將得知龍之巫女與世界的真相。
而一直沉睡的鳴澤珠依也終於醒來——

比利士侯爵優西比兀為搶奪妙翅院迦樓羅持有的遺存寶器，對天帝領展開侵略。八尋等人潛入天帝領要救迦樓羅，便在那裡得知了龍之巫女與世界的真相。為了阻止有意摧毀世界的珠依，八尋等人前往肇端之地，亦即二十三區的冥界門，不料——！

各 **NT$240~260/HK$80~87**

妹妹進入女騎士學園就讀，
不知為何成為救國英雄的人竟是我。 1~2 待續

作者：ラマンおいどん　插畫：なたーしゃ

化身救國英雄的最強哥哥成為貴族，為了解放自己的領地就此踏上征途！

在我和妹妹的齊心協力之下，於千鈞一髮之際成為拯救女王的英雄。然而獎賞的領地遭敵方占領，只得前往解救城鎮——然而除了女騎士樸小姐、當上女王的橙子小姐之外，還多了稱呼我為主人的女僕。身旁的人愈來愈多，貴族人生就此拉開序幕！

各NT$240~260/HK$80~87

國家圖書館出版品預行編目 (CIP) 資料

被師傅強押債務的我,和美女千金們在魔術學園大開無雙。 / 雨音惠作 ; 黃品玟譯. -- 初版. -- 臺北市 : 臺灣角川股份有限公司, 2024.01-

冊 ;　公分. -- (Kadokawa fantastic novels)

譯自 : 師匠に借金を押し付けられた俺、美人令嬢たちと魔術　園で無双します。

ISBN 978-626-378-413-0(第1冊 : 平裝)

861.57　　112019546

Kadokawa
Fantastic
Novels

被師傅強押債務的我，和美女千金們在魔術學園大開無雙。 1

（原著名：師匠に借金を押し付けられた俺、美人令嬢たちと魔術学園で無双します。 1）

2024年2月26日　初版第1刷發行

作　　者：雨音惠
插　　畫：夕薙
譯　　者：黃品玟

發 行 人：台灣角川股份有限公司
總　　監：呂慧君
總 編 輯：蔡佩芬
主　　編：林秀儒
編　　輯：楊芫青
設計指導：陳晞叡
美術設計：黃永漢
印　　務：李明修（主任）、張加恩（主任）、張凱棋

發 行 所：台灣角川股份有限公司
地　　址：104台北市中山區松江路223號3樓
電　　話：（02）2515-3000
傳　　真：（02）2515-0033
網　　址：www.kadokawa.com.tw
劃撥帳戶：台灣角川股份有限公司
劃撥帳號：19487412
法律顧問：有澤法律事務所
製　　版：巨茂科技印刷有限公司
ＩＳＢＮ：978-626-378-413-0